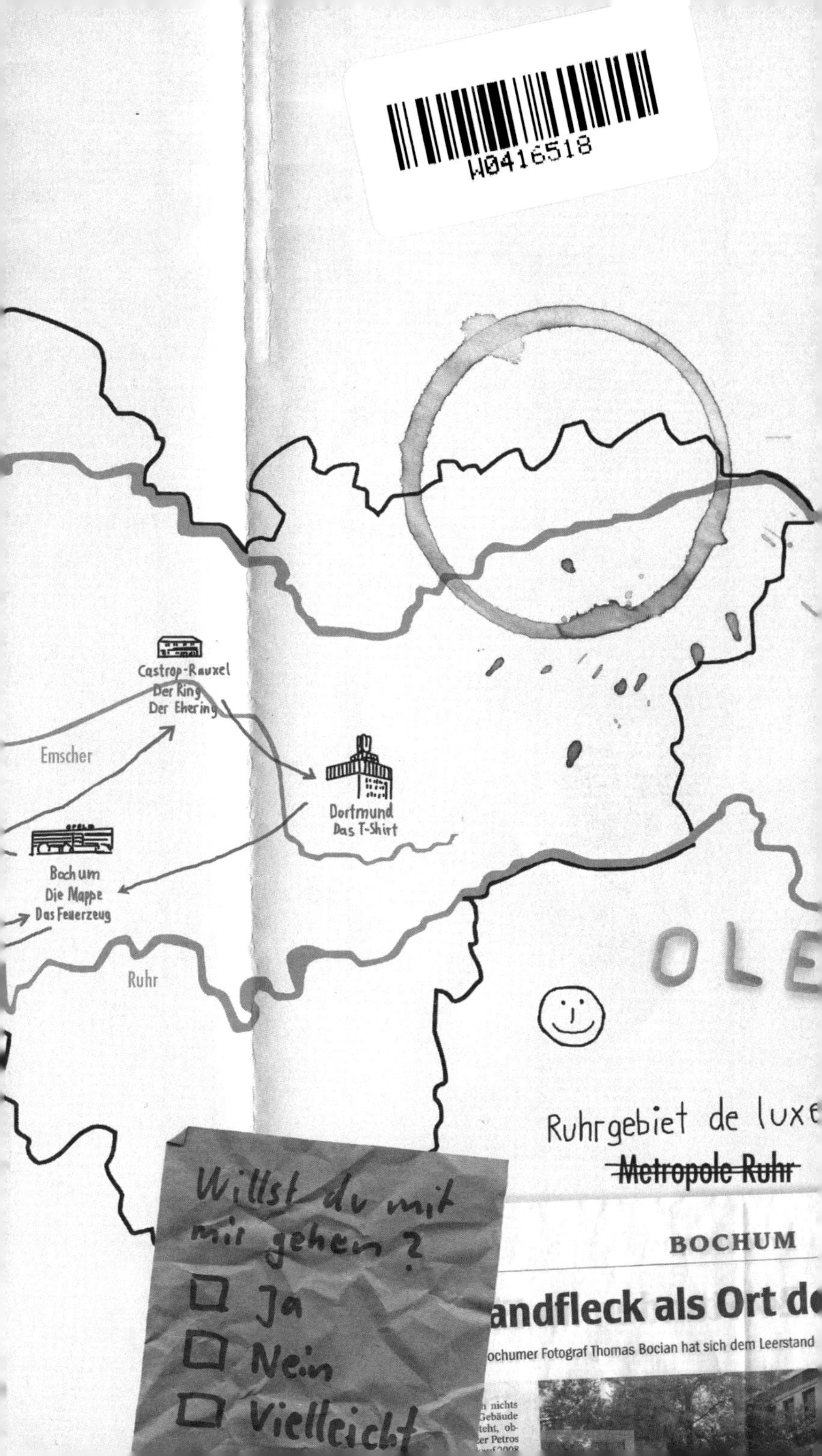
Castrop-Rauxel
Der Ring
Der Ehering
Emscher
Dortmund
Das T-Shirt
Bochum
Die Mappe
Das Feuerzeug
Ruhr
OLE
Ruhrgebiet de luxe
Metropole Ruhr
Willst du mit mir gehen?
Ja
Nein
Vielleicht
BOCHUM
andfleck als Ort de
ochumer Fotograf Thomas Bocian hat sich dem Leerstand

Sarah Meyer-Dietrich

Immer muss man mit Stellwerksbränden, Streiks und Tagebrüchen rechnen

Roman

Henselowsky Boschmann

Sarah Meyer-Dietrich wurde 1980 geboren und wuchs im Ruhrgebiet auf. Studium der Wirtschafts- und Kulturwissenschaften in Bochum und Hagen. Promotion in Bochum; sie war von 2012 bis 2016 hauptberuflich Geschäftsführerin und Projektmanagerin im Friedrich-Bödecker-Kreis NRW e.V., seit Sommer 2016 ist sie freie Autorin. Sarah Meyer-Dietrich ist u.a. Gewinnerin des Förderpreises des Literaturpreises Ruhr 2014 und des Ruhrgebietsliteraturwettberbs 2015.
[www.sarahmeyerdietrich.de]

Schützenstraße 31 · 46236 Bottrop
post@vonneruhr.de · www.vonneruhr.de
1. Auflage 2016
ISBN 978-3-942094-65-8
Umschlagfoto: Timo Malers
lllustrationen: Benjamin Bäder
Druck: Friedrich Pustet GmbH & Co. KG
Verarbeitung: Print- & Medien-Management Junglas

Sarah Meyer-Dietrich

Immer muss man mit Stellwerksbränden, Streiks und Tagebrüchen rechnen

Roman

Ruhrgebiet de luxe

Bahnhofscafé. Castrop-Rauxel

An guten Tagen lese ich den Kunden ihre Wünsche von den Gesichtern ab. Das Mädchen mit rundlichen Wangen und Sommersprossen: ein Donut mit Streuseln. Ich weiß es, bevor sie es ausspricht. Erst sagt es ihr Gesicht. Dann sagt es ihr Mund.

Lieber würde ich bei der Arbeit den Menschen nur auf die Hände schauen. Gesichter verraten zu viel. Hände lenken weniger von der Arbeit ab, auf die ich mich konzentrieren muss. Trotzdem soll ich den Kunden in die Augen sehen. Es ist unhöflich, sich vor fremde Häuser zu stellen und durch die Fenster zu gaffen. Aber zu versuchen, fremden Menschen durch die Augen in das Dahinter zu schauen, gehört zum guten Ton. Wenn ich doch Eva fragen könnte, ob sie das versteht. Meine Schwester Eva, von der ich gelernt habe, in Gesichtern zu lesen. So wie jetzt im Gesicht der großen, schlanken Frau im mittleren Alter. Sie hat die blonden Haare zu einem strengen Pferdeschwanz gebunden. Ein Wasser, medium, bitte. Ich weiß es, bevor sie es ausspricht. Erst sagt es ihr Gesicht. Dann sagt es ihr Mund.

Die Geschäftsführung erwartet, dass wir den Kunden beim Kauf weitere Produkte anbieten. Zum Brötchen ein Getränk. Zum Getränk ein Brötchen. Ich biete der Frau mit dem blonden Zopf kein Brötchen an. Ihr Gesicht verrät es. Die Augen verraten es: Da ist ein Hunger, den ein Brötchen nicht stillen kann.

»Übernimmst du die Tische?«, fragt Rita, und ich nicke. Froh, eine kurze Weile auf die eigenen Hände schauen zu können statt in die Augen der Kunden, die so viel erzählen. Meine Hände sind noch immer glatt, weil ich jeden Tag in Milch bade. Sie sollen keine Geschichte erzählen. Sie sollen schweigen. Sie räumen Tassen ab. Wischen die Tische sauber.

Von einem Tisch zum anderen. Zum anderen. Zum anderen. Durch die Leere dieses Cafés. Nur an zwei Tischen sitzen jetzt Menschen.

An dem einen: ein junges Paar mit Baby. Das Gesicht der Frau in Alarmbereitschaft: Geht es dem Kind gut? Atmet es noch? Hat es Hunger? Behutsam legt sich die Hand des Mannes auf ihren Arm: Hab keine Angst. Hab keine Angst, hat Eva immer gesagt. Eva hätte so gerne Kinder gehabt.

Am anderen Tisch: ein Mädchen. Sie sitzt schon lange hier. Rita hat sie bedient. Auf dem Tisch stapeln sich leere Tassen. Das Mädchen trägt einen Ring am Finger.

»Darf ich …«, setze ich an, während mein Blick von den Händen des Mädchens zu ihrem Gesicht wandert, zu ihrem viel zu schmalen Gesicht. Doch mein Satz splittert und zerbricht. So laut sagt das Gesicht des Mädchens: Nein! Wie ein Handkantenschlag, der meinen Satz zerschlägt. Und die Augen. Die Augen … ich senke den Blick. Auf ihre Hände. Das ist sicherer.

Ihre Hände sind nervös. Drehen den Ring hin und her. Hin und her. Ziehen ihn ab. Schieben ihn auf den Finger zurück. Die Hände viel zu filigran. Wie können solche Hände auch nur eine Tasse halten, frage ich mich. Wie kann man an so dünne Finger einen Ring stecken, ohne dass sie mit leisem Klirren zerbrechen. Der Ring ist mit einem Schmetterling verziert. Hin und her drehen ihn die Hände. Auf und ab schieben sie ihn. Vielleicht wird der Falter gleich seine Flügel bewegen. Auf und ab. Und in mir spüre ich eine Regung. Spüre etwas aufsteigen. Wenn du dir was wünschen dürftest, klingt Evas Stimme in meinem Kopf. Dann würde ich abheben. Losfliegen. Und weit oben über dem Ruhrgebiet kreisen.

Ist noch was?, fragen die Hände des Mädchens barsch, und ich kehre zur Theke zurück. Blicke wieder auf meine eigenen Hände. Auf den Ring daran. Ein schmaler goldener

Reif. Ich denke an Jonas. Jonas trinkt seinen Kaffee immer mit Milch. Eva hat jeden Tag Milch in ihr Badewasser geschüttet.

»Mit der stimmt doch was nicht«, sagt Rita und deutet mit dem Kopf hinüber zu dem Mädchen, auf dessen Tisch die leeren Tassen stehen. »Müsste die nicht in der Schule sein?«

»Ferien«, sage ich.

»Trotzdem«, Rita wischt sich über die taupefarbene Bluse, die Teil unserer Berufskleidung ist. »Irgendwas ist mit der. Ich hab sie gefragt, ob ich die Tassen abräumen kann. Aber sie wollte nicht.« Vielleicht hat sie ihre Gründe. Will ich einwenden. Man kann Menschen doch immer nur vor den Kopf gucken. Will ich sagen. Aber der Regionalzug aus Dortmund ist eingefahren, und Menschen betreten das Café. Menschen mit fordernden Gesichtern. Keine Zeit zum Sitzen. Den Kaffee immer »to go«. Nur die ältere Frau, die ihre Brezel immer mit guter Butter bestellt, nimmt Platz. Am Tisch neben dem Mädchen. Das Mädchen könnte ihre Enkelin sein, denke ich. Und stelle mir vor, wie die beiden sonntags in der Küche der Frau sitzen. Und die Frau ihrer Enkelin Buchstabensuppe kocht …

»Zehn Brötchen …«, unterbricht ein Mann mit Anzug und Krawatte meine Gedanken. Seine Augen verraten es: Die Zeit, die er hier verliert, holt er nie wieder ein. »Bitte …«, setzt er an. »… mit Kassenzettel«, ergänze ich, ehe sein Mund es ausspricht. Der Mund lacht. Die Augen lächeln. Für den Bruchteil einer Sekunde wird Zeit gleichgültig. Ich stelle mir vor, wie der Mann abends nach Hause kommt. Den Schlips löst. Und seine Frau leidenschaftlich küsst. Stelle mir vor: sein Augenaufschlag wie die Regung eines Schmetterlings. Der Schlag eines Schmetterlingsflügels im Amazonas-Urwald kann, sagen Chaosforscher, einen Orkan in Europa auslösen.

Scherbenklirren. Hat das Mädchen mit den dünnen Fingern ihre Tasse absichtlich vom Tisch gestoßen? Von Eva weiß ich, dass man beim Polterabend nur Porzellan werfen darf, weil Glasscherben Unglück bringen. Ein Kaffeesee auf dem Boden. Die Augen des Mädchens. Die Augen …

Hab keine Angst, will ich sagen, aber Rita stößt mich an. »Hol schnell den Wischer.« Und ich haste los.

Als ich wiederkomme, ist das Mädchen verschwunden. Nur die leeren Tassen auf dem Tisch beweisen, dass sie da war. Auch das junge Paar mit Baby und die ältere Frau haben das Café verlassen. Meine Hände wischen den Boden. Räumen die Tassen ab. Die Tassen … Aber … Halt. Auf dem Tisch liegt der Ring des Mädchens. Meine Hände greifen danach. Ein wertloser Ring. Aus einem Automaten vielleicht. Wertlos. Auch für das Mädchen? Ich werde den Ring an der Kasse deponieren. Ich werde. Ich muss. Ich sollte … Meine Hand schließt sich fest um den Ring. Ganz fest. Ich blicke zu Rita. Sie schmiert Brötchen.

Ich muss. Ich sollte. Ich blicke auf meine Hände. Früher waren sie noch glatter. Die linke Hand zieht den goldenen Ehering vom Finger. Früher. Die Hand legt den Ehering auf den Tisch. Steckt den Schmetterlingsring an den Finger. Er passt.

Schnell laufe ich zur Garderobe. Schnell greifen meine Hände nach meiner Jacke. Die Tasche liegt im Hinterzimmer. Um die Tasche zu holen, müsste ich an Rita vorbei. Die immer noch Brötchen schmiert. Und mich nicht beachtet. Ich muss. Ich sollte. Ich könnte. Eilig verlasse ich das Café. Leise. Um nicht aufzufallen.

Der Ring

Ich weiß jetzt, dass sie nicht kommen wird. Ich kann die Wartezeit an den leeren Kaffeetassen auf dem Tisch vor mir ablesen. Eine Tasse gleich fünfzehn Minuten.

»Darf ich abräumen?«, hat die Bedienung mit der taupefarbenen Uniform schon mehrmals gefragt.

»Nein«, habe ich geantwortet. »Bitte nicht.«

Die Bedienung hat den Kopf geschüttelt, sodass der sorgfältig frisierte Pagenkopf durcheinandergeriet, aber die Tassen stehen lassen. Sie kann nicht wissen, dass es nichts mehr gibt, was ich noch unbewiesen annehmen kann. Auch Uhren kann ich nicht mehr trauen.

Vom Tisch in der Ecke schaut mich ein junges Paar an. Ein junges Paar mit einem Baby. Der Mann sagt etwas zu der Frau. Sie blickt ihn an. Dann wieder mich. Was für ein Kind kann das sein, sagt ihr Blick, wenn die eigene Mutter es sitzenlässt? Ja. Was für ein Kind kann ich sein?

Ich beginne, so flach wie möglich zu atmen, damit ich die Luft um mich herum nicht zu sehr bewege. Der Schlag eines Schmetterlingsflügels im Amazonas-Urwald kann einen Orkan in Europa auslösen. Was kann dann eine Bewegung von mir auslösen? Ein Atemzug? In der Ecke am Tisch weint das Baby.

Nur die leer getrunkenen Viertelstunden auf meinem Tisch beweisen, dass die Zeit vergeht. Sind die Tassen jetzt endlich Beweis genug, dass sie nicht kommen wird? Ich bestelle noch einen Kaffee. Er ist warm, aber er wärmt nicht.

Ich rege mich nicht. Schmetterlinge sind wechselwarme Tiere. Sie müssen sich erst aufwärmen, um fliegen zu können. Ich verharre in diesem Moment meines Lebens. Diesem Leben, das nicht einmal meine eigene Mutter mit mir teilen wollte.

Ich bin erstarrt. Nur mein Blut pulsiert. Aufgeputscht von zu viel Kaffee. Die Flügel sind die wichtigsten Bewegungsorgane der Schmetterlinge. Nach dem Schlüpfen sind sie noch schlaff und unbeweglich. Dann füllen sich die Flügeladern mit Blutflüssigkeit. Sie verlaufen zwischen einer oberen und einer unteren Membran. Nachdem ich geschlüpft bin, haben sich meine Bewegungsorgane mit Blut gefüllt, denke ich. Blut, dessen Herkunft ich nicht kenne.

Die andere Bedienung nähert sich dem Tisch. Auch sie in einer bräunlich-grauen Uniform.

Tagpfauenaugen öffnen bei Gefahr schnell ihre Flügel. Die Augenflecken auf den Flügeln schrecken Fressfeinde ab. »Darf ich …«, setzt die Bedienung an. Ich öffne blitzschnell die Augen. Ihr Satz zerbricht. Der Blick senkt sich. Die Bedienung schwirrt ab.

Der Mann am Tisch in der Ecke hat das Baby jetzt im Arm. Er schaukelt es hin und her.

Die Eiablage der Schmetterlinge ist je nach Art sehr unterschiedlich. Die meisten Arten legen ihre Eier einzeln, paarweise oder in Gruppen auf der entsprechenden Futterpflanze ab. So finden die Raupen sofort nach dem Schlüpfen Nahrung. Die Frau am Tisch in der Ecke schaut wieder zu mir. Manche Falter lassen die Eier bloß wahllos auf den Boden fallen.

»Entschuldigung«, sagt eine ältere Frau am Nebentisch. »Könnten Sie mir sagen, wie spät es ist?«

»Viertel nach neun«, sage ich, ohne den Blick von den Tassen zu heben.

»Schon?«, sagt die Frau. »Sie haben doch eine Uhr, können Sie vielleicht …«

»Ich kann in Kaffeetassen lesen«, sage ich.

Die Frau sagt nichts mehr.

Das Paar in der Ecke bricht auf. Sie will den Kinderwagen an mir vorbeischieben. Ich weiche zur Seite aus. Stoße meine Tasse vom Tisch. Bringe die Zeitrechnung unwiederbringlich durcheinander. Mein Flügelschlag bewirkt einen Kaffeeschwall auf den Boden und ein Scherbenklirren. Mein Flügelschlag bewirkt, dass alle im Café ihre Köpfe zu mir drehen. Die Bedienungen, das Paar, die ältere Frau. Für eine Ewigkeit ruhen alle Augen auf mir. Ich halte den Atem an. Halte den Atem an.

Erst als die Ewigkeit vorbei ist, die Köpfe sich wegdrehen, eine der beiden Bedienungen loshastet, vielleicht um einen Lappen oder ein Kehrblech zu holen, wage ich wieder zu atmen. Ich lege Geld auf den Tisch und verlasse das Bahnhofscafé. Langsam und leise. Bloß nicht noch einmal auffallen.

Im Schutz der Dunkelheit kehre ich in das Haus zurück, das nicht mehr mein Zuhause ist. Zurück zu den Menschen, von denen ich dachte, sie wären meine Eltern.

»Aber wir sind deine Eltern«, hatte die Frau, die ich für meine Mutter gehalten hatte, an dem Abend gesagt, an dem sie fand, dass ich alt genug sei, um die Wahrheit zu erfahren.

»Familienzugehörigkeit entscheidet sich nicht auf dem Papier«, hatte der Mann gesagt, der bis dahin mein Vater gewesen war. »Familienzugehörigkeit entscheidet sich hier.« Er hatte seine Hand links auf den Brustkorb gelegt. Ob sein Herz wirklich dort ist? Was weiß ich schon?

Meine Eltern sind nicht meine Eltern, vielleicht sitzt das Herz auch gar nicht links in der Brust. Vielleicht ist das Herz auch bloß eine Lüge.

Später in meinem Zimmer legte ich meine Hand dorthin, wo mein Herz hätte schlagen müssen. Ich fühlte es nicht.

Schmetterlinge stellen artspezifische Ansprüche an ihre Umwelt. Nur wenn diese Ansprüche erfüllt sind, können die Falter überleben.

Als ich jetzt in das Haus zurückkehre, das nicht mehr mein Zuhause ist, kommen die Menschen, die ich für meine Eltern gehalten habe, aus dem Wohnzimmer.

»Wie geht es dir?«, fragt der Mann. Seine Stimme klingt zittrig. Die Ohren der Schmetterlinge befinden sich entweder am Thorax oder am Abdomen in einer Vertiefung. Sie sind von einer dünnen Membran bedeckt.

»Wie war es?«, fragt die Frau. Sie streckt ihren Arm nach mir aus. Fledermäuse nutzen zur Ortung Ultraschall. Sie stellen die Hauptfeinde von Nachtfaltern wie dem Eulenfalter oder dem Bärenspinner dar. Evolutiv weit entwickelte Falter sind in der Lage, die Ultraschallsignale wahrzunehmen. Empfangen sie einen Ortungston, lassen sie sich im Flug fallen, um den Feinden auszuweichen.

»Schön war es«, sage ich, »aber jetzt muss ich ins Bett. Ich bin müde.«

Ich liege in meinem Zimmer. Über dem Bett hängt ein Mobile. Es hing dort schon, als hier noch meine Wiege stand. Das hat mir die Frau, die keine Mutter ist, zumindest immer wieder erzählt. Vielleicht ist auch das eine Lüge. Das Mobile blieb hängen, als ich nach und nach Puppen und Stofftiere in Kisten gepackt und in den Keller gestellt habe. Noch immer drehen sich die Papierfalter über dem Bett. Bunte Schmetterlinge mit hauchzarten Flügeln. Der Mann, der kein Vater ist, hat gesagt, dass vielleicht diese Papierfalter der Grund sind, dass ich seit jeher ein Faible für Schmetterlinge habe. Falsche Schmetterlinge. Blutleere Papierfalter. Familienzugehörigkeit entscheidet sich nicht auf dem Papier.

Ich denke an den Mann, der so oft mit mir in das Schmetterlingshaus in Hamm gefahren ist. Einmal hat er mir dort einen Ring gekauft. Mit einem Tagpfauenauge darauf. Ich denke an eine Frau, von der ich nur den Namen kenne.

Ich kann lange nicht einschlafen. Die Papierfalter lauern über mir in der Dunkelheit darauf, sich im Flug fallen zu lassen.

Müde sitze ich am nächsten Morgen im Biologie-Unterricht.

»Die DNS«, sagt mein Lehrer, »enthält genetische Informationen für die Entwicklung der Zellen.«

Er erklärt, dass die DNS aus je zwei Strängen besteht und so eine Doppelhelix bildet. Diese Stränge setzen sich zusammen aus Basen: Adenin, Thymin, Guanin, Cytosin. Abschnitte der DNS, die den Bauplan für Proteine oder Moleküle enthalten, bezeichnet man als Gen. Bei der Replikation trennen sich die Stränge der Doppelhelix, sodass sich neue Basen daran festsetzen können. Auf die Art werden aus einer Doppelhelix zwei neue generiert, die jeweils aus einem alten und einem neuen Strang bestehen. Mein Lehrer sagt nicht alten, sondern elterlichen Strang. Die Ausprägung unserer Eigenschaften hängt von den in unserer DNS gespeicherten Codierungen ab. Sie werden durch die DNS unserer Eltern bestimmt.

Ich denke an die fremden Basenpaare in mir. Adenin, Thymin, Guanin, Cytosin. Ich habe Baupläne in mir. Entworfen von fremden Ingenieuren. Ich stelle mir einen Mann und eine Frau mit Helmen auf den Köpfen vor. Einen Mann und eine Frau, die über eine Baustelle laufen und Anweisungen geben: »Mit den Ohren habt ihr etwas übertrieben, die hätten kleiner sein können … Aber gut, wir lassen das jetzt mal so, das Timing ist knapp.«

Ich stelle mir vor, wie sie herumgelaufen sind, mit meinem genetischen Bauplan in der Hand. Schwachsinn, denke ich, geplant war gar nichts, ich bin einfach passiert, meinen Eltern war es egal, ob ich zu große Ohren haben würde.

»… deshalb«, sagt mein Lehrer gerade, »haben Sie alle, wie Sie hier sitzen, Ähnlichkeiten mit Ihren Eltern. Äußere

Merkmale und Verhaltensmerkmale, die durch die DNS festgelegt werden.«

Wir sollen Ähnlichkeiten nennen. Melanie hat die Sommersprossen von ihrer Mutter. Ole die Grübchen und die grünen Augen von seinem Vater. Linda ist keine Zungenrollerin, weil ihre beiden Eltern keine sind. Dann bin ich an der Reihe. Alle Köpfe drehen sich zu mir, alle Augen ruhen auf mir, alle warten auf die großen Ohren, die ich von meinem Vater geerbt habe, oder die vollen Lippen, die ich meiner Mutter verdanke.

»Meine Eltern sind nicht meine Eltern«, sage ich in die erwartungsvolle Stille hinein. »Ich habe meine leiblichen Eltern nie kennengelernt. Sie sind kurz nach meiner Geburt bei einem Orkan in Europa ums Leben gekommen.«

Die Lüge geht mir leicht über die Lippen. Das habe ich von den Menschen geerbt, die nicht meine Eltern sind.

Ich esse nur noch selten in dem Haus, in dem die Menschen leben, die keine Eltern sind. Bei den meisten Schmetterlingen sind die Oberkiefer verkümmert. Während die Unterkiefer aus zwei Halbröhrchen gebildet werden, durch die nur flüssige Nahrung aufgenommen werden kann.

Ich gehe häufig mit den anderen aus meiner Schule in die Stadt. Wir tanzen, lachen, trinken. Ich trage die gleiche Kleidung wie sie, ich male mir die Augen bunt. Im Laufe der Evolution haben Schmetterlinge vielfältige Möglichkeiten der Tarnung und Täuschung entwickelt. So trägt zum Beispiel das Tagpfauenauge falsche Augen auf den Flügeln, um Feinde zu verwirren.

»Ich werde euch vermissen, wenn das Abi geschafft ist und wir aus Castrop-Rauxel wegziehen und uns alle in unterschiedliche Richtungen verstreuen«, sagt Linda, die nicht mit der Zunge rollen kann. Ich bin Teil von diesem Wir. Bin eine unter vielen. Fühle mich schwerelos. Leicht.

Die Menschen in dem Haus, in dem ich wohne, fragen nicht mehr, wie es mir geht. Sie schauen mich nur noch kummervoll an. So ein Kind bin ich. Eines, das Kummer macht. Die Frau, die nicht meine Mutter sein wollte, muss das geahnt haben.

Um den kummervollen Blicken zu entgehen, kehre ich spät in der Nacht zurück. Nachtfalter sind vor allem in der Dämmerung aktiv, weil ein Großteil der Fressfeinde um diese Zeit nicht mehr unterwegs ist. Die Tage werden länger. Immer länger muss ich warten auf den Schutz der Dunkelheit.

»Du bist so dünn geworden«, sagt die Frau, die nicht meine Mutter ist, eines Nachts zu mir, als ich mich durch den Flur schleiche und sie mich vor meiner Zimmertür abfängt. Nicht dünn genug. Sie kann mich immer noch sehen.

»Ich beneide dich«, sagt Melanie, »du bist so dünn wie ein Model. So wie du wäre ich auch gerne.«

»Du bist doch wie ich«, sage ich. »Wir sind alle gleich. Adenin, Thymin, Guanin, Cytosin, weißt du nicht mehr?«

Melanie lacht, dabei tanzen die Sommersprossen in ihrem rundlichen Gesicht. Vielleicht ist es ja wahr, vielleicht ist sie wirklich wie ich, wir sind doch aus den gleichen Bausteinen gemacht.

»Meine Mutter sagt immer, ich soll nicht über meine Figur jammern, sondern lieber weniger Süßes essen und mehr Sport treiben«, sagt Melanie.

Sie hat eine Mutter, der es nicht egal ist, dass Melanie keinen Sport treibt. Eine Mutter, deren Sommersprossen wahrscheinlich genau so über ihr Gesicht tanzen wie bei Melanie, wenn sie lacht. Sie hat eine Mutter. Sie ist nicht wie ich.

»Du wärst die perfekte Tochter für meine Mutter«, sagt Melanie. »Du jammerst nie.«

Du irrst, denke ich, ich bin keine Tochter.

»Aber worüber solltest du auch jammern«, sagt Melanies Schwester, die auch Sommersprossen hat. »Kein Gramm Fett zu viel, und die Jungs fliegen alle auf dich.«

Wenn ich doch auch eine Schwester hätte. Wenn ich doch wenigstens auch eine Schwester hätte. Melanie und ihre Schwester tauschen Hosen und Pullis und T-Shirts aus. Sie würden auch mit mir tauschen, aber mir ist alles, was die beiden tragen, zu weit.

Ich esse nicht mehr, ich flirte. Ich tanze mit den Jungs aus meiner Schule. Wenn sie mich anlachen, wenn sie mich bewundern, werde ich leicht, so leicht. Die Balz ist ein sehr strenges Ritual. Beim Balzen berühren sich die Flügel von Männchen und Weibchen häufig. Das Weibchen berührt auch mit seinen Fühlern die Flügel des Männchens.

Viele Nächte komme ich nicht zurück in das Haus, in dem die Menschen, die keine Eltern sind, aufgehört haben, auf mich zu warten.

Bei manchen Schmetterlingsarten hat sich der Rüssel komplett zurückgebildet. Sie können keine Nahrung aufnehmen und leben nur, um sich zu paaren.

Ich wache morgens neben Ole auf. Er redet von Liebe. Von einer Zukunft. Ich schaue auf seine Grübchen, während er redet.

Ich bin müde. So müde.

»Keine Zukunft«, sage ich, während ich meine Kleidung überstreife. »Ein One-Night-Stand, ein Flirt, nichts weiter.« Oles Lächelgrübchen verschwinden.

Dann stehe ich auf der Straße. Ich bin so müde.

Für Nachtfalter stellt die zunehmende Lichtverschmutzung unserer Städte eine große Gefahr dar. Angezogen durch die Straßenbeleuchtung, verharren die Falter oft die ganze Nacht in der Nähe der Lichtquellen, statt nach Nahrung zu suchen. Sie sterben an Unterernährung und Erschöpfung. Alles wird schwarz.

Ich wache auf. Um mich her Weiß. Weiße Wände. Weiße Laken. Sie haben mich an einen Tropf gehängt. Eine in den Subtropen lebende Schwärmerart verfügt über Rüssel von bis zu 280 Millimetern Länge. Ich sinke zurück in die Schwärze.

Als ich wieder aufwache, sitzt eine Frau an meinem Bett. Auch sie in Weiß, sodass ich sie erst für eine der Krankenschwestern halte. Sie hat die gleichen Augen wie ich. Die gleichen Ohren. Sie sitzt da und schweigt. Schaut mich einfach nur an. Erst viel später sagt sie: »Lass uns in die Cafeteria gehen.«

Ich werde in einen Rollstuhl gesetzt, weil ich nicht genug Kraft habe, um zu laufen. Die Frau, die meine Augen und Ohren hat, schiebt mich vor sich her.

Wir sitzen in der Cafeteria. Vor mir steht eine Tasse Kamillentee, hell und dünn, weil mein Magen geschont werden muss. Die Frau trinkt Kaffee, schwarz, in kleinen hastigen Schlucken.

Wie viele leere Tassen jetzt vor mir stünden, wenn ich damals im Café sitzen geblieben wäre. Ich stelle mir vor, wie sich das Café langsam mit meinen Tassen füllt, wie sich die Tassen stapeln und Mauern bilden. Mauern, hinter denen mich keiner mehr sieht.

»Es tut mir so leid«, sagt die Frau.

Was tut ihr leid? Dass ich den Bauplan ihrer zu großen Ohren geerbt habe? Dass ich im Krankenhaus liege? Dass es mich gibt?

»Ich wollte wirklich in das Café kommen«, sagt die Frau leise. »Ich wollte dich sehen.« Sie sieht müde aus. So müde.

Schmetterlinge verfügen über Facettenaugen, die aus bis

zu 6000 kleinen Einzelaugen bestehen. Die Falter können etwa 200 Meter weit sehen und sich auch auf weit entfernte Flugziele zubewegen.

»Aber dann konnte ich nicht«, sagt die Frau, »ich hatte Angst.«

Manche Schmetterlinge lassen ihre Eier wahllos auf den Boden fallen. Der Ameisenbläuling wiederum sorgt dafür, dass seine Raupen sich vor den Eingängen von Ameisenbauten auffinden. Die Raupen werden von den Ameisen adoptiert und fressen, was die Arbeiterinnen für sie heranschleppen. Manchmal fressen sie auch ihre Adoptivgeschwister – die Ameisenlarven.

Habe ich Geschwister?, will ich fragen.

»Was ist mit meinem Vater?«, frage ich stattdessen.

Die Frau wendet den Blick ab. Ihre Bewegungen sind fahrig. Vor vielen Jahren hat ein Wimpernschlag dieser Frau eine Nacht ausgelöst, in der mein Bauplan festgelegt wurde, Adenin, Thymin, Guanin, Cytosin. Jetzt löst ihr Flügelschlag einen Kaffeeschwall auf den Boden und ein Scherbenklirren aus. Er bewirkt, dass alle in der Cafeteria ihre Köpfe drehen. Für eine Ewigkeit ruhen alle Augen auf dieser Frau. Ich halte den Atem an.

S2. Richtung Dortmund

Weg aus dieser Stadt. Weg. Immer habe ich mich weggewünscht. Oder war es Eva, die sich weggewünscht hat? Ich drehe den Ring an meinem Finger hin und her. Wie einen Wunschring.

Wenn du dir was wünschen dürftest, klingt Evas Stimme wieder als Erinnerung in meinem Kopf, was würdest du dir wünschen?

Dass ich adoptiert wäre.

Aber dann wärst du ohne mich, sagte Eva.

Und später, als sie schon Englisch in der Schule hatte, sagte sie: Ob du mit anderen Eltern glücklicher wärst? The grass is always greener on the other side. Du wüsstest ja dann nicht, ob dein anderes Leben vielleicht schlechter wäre.

Ich wüsste aber auch nicht, dass ich eigentlich eine Schwester gehabt hätte, sagte ich, und deshalb könnte ich dich gar nicht vermissen.

Du würdest mich also nicht vermissen?, fragte Eva.

Doch, sagte ich schnell, weil ich Angst hatte, dass Eva sonst verschwinden könnte, natürlich würde ich dich vermissen.

Schmetterlinge können sich mit einer Geschwindigkeit von bis zu fünfzig Stundenkilometern bewegen. Das Flugverhalten variiert je nach Familie. Manche Falter taumeln, manche rudern mit den Flügeln. Für viele Falter sind unauffällige bräunlich-graue Farbtöne die perfekte Tarnung.

Ich blicke herab auf meine taupefarbene Uniform. Und wirklich, die Menschen in der Bahn beachten mich nicht.

Im Gang stehen ein Mann und eine Frau. Kein Paar. Ganz sicher. Kein Paar. Höchstens ein Geschwisterpaar. Vielleicht. Wenn wir doch einen Bruder hätten, habe ich oft zu Eva gesagt. Die Hände der Frau schwirren durch die

Luft beim Reden. Landen sanft auf seinem Arm. Heben wieder ab. Verharren in der Luft. Schmetterlinge bewegen ihre Flügel beim Fliegen nicht einfach bloß auf und ab, sondern in Form einer Acht. Die besorgten Hände der Frau schwirren um ihn herum. Seine Hände sind still. Ganz still. Schmetterlinge sind wechselwarme Tiere, die sich erst aufwärmen müssen, um fliegen zu können.

Mein Blick schwirrt von den abgewetzten Turnschuhen der Frau zu dem Jutebeutel über ihrer Schulter. Ein blauer Stoffzipfel ragt aus dem Beutel hervor. Meine Hand möchte sich ausstrecken. Am Stoffzipfel ziehen. Schauen, was zum Vorschein kommt. Was sich entfaltet. Ich möchte. Ich könnte. Ich …

Mein Blick kriecht zu den müden Händen des Mannes. Wagt sich vor bis zu seinem Gesicht. Bis zu den Schatten unter seinen Augen. Für Nachtfalter stellt die Lichtverschmutzung in unseren Städten eine große Gefahr dar. Angezogen durch die Straßenbeleuchtung, verharren die Falter oft die ganze Nacht in der Nähe der Lichtquellen, statt nach Nahrung zu suchen.

Ich blicke auf meine eigenen Hände, auf den Ring mit dem Schmetterling. Ob sich der Mann mit den Augenringen auch manchmal wünscht, fliegen zu können? Sich über Dortmund zu erheben und um das U der ehemaligen Union-Brauerei zu kreisen? Um dieses U, das weithin hell leuchtet? Für Nachtfalter stellt die zunehmende Lichtverschmutzung unserer Städte eine große Gefahr dar.

Ich weiß doch auch nicht weiter, sagen die verlegenen Hände der Frau, die nirgendwo bleiben wollen. Hab keine Angst, sagt ihr Lächeln. Sagt es und fürchtet sich selbst dabei. Fürchtet sich davor, erwischt zu werden. Erwischt und als falsch entlarvt. Die Larven des Schmetterlings heißen Raupen. Raupen verpuppen sich und entlarven sich als Schmetterlinge. Die Augen der Frau entlarven ihr Lächeln.

Ein Lächeln, das die Leichtigkeit bloß vorgaukelt. Bunte Schmetterlinge gaukeln, dort auf blumenreichen Wiesen, hat Eva manchmal rezitiert.

»Pete«, sagt die Frau mit Nachdruck. »Hörst du mir eigentlich zu, Pete?« Pete kann nicht zuhören, denn Pete ist damit beschäftigt, ganz still zu stehen. Reglos. Schmetterlinge sind wechselwarme Tiere, die sich erst aufwärmen müssen, um fliegen zu können.

Keiner der beiden bemerkt, dass meine Hand an dem blauen Stoffzipfel zieht. Zaghaft. Dann entschlossen. Dass sie den blauen Stoff schnell unter die Jacke schiebt. Den Schmetterlingsring vom Finger zieht und in den Beutel gleiten lässt. Ehe ich schnell an der nächsten Haltestelle aussteige. Keiner von beiden bemerkt es.

Keiner von beiden? Als ich auf dem Steig stehe, flüstert Petes Blick mir durchs Bahnfenster zu: Ich weiß, was du getan hast, aber ich bin zu müde, um dich zu verraten. Während die Hände der Frau weiter um ihn herumschwirren.

Ich halte den Atem an. Wage erst Minuten, nachdem die Bahn abgefahren ist, den blauen Stoff unter der Jacke hervorzuziehen. Falte ihn auseinander. Ein T-Shirt. Ein großes S darauf. Rot und gelb. Dieses Rot, dieses Gelb, dieses Blau. Superman. Ob Pete manchmal davon träumt, das Fenster zu öffnen und davonzufliegen? Was sagt dann seine Schwester mit den nervösen Händen dazu? Seine Schwester mit dem Lächeln, das dauernd auf der Flucht ist? Seine Schwester, die solche Angst hat. Angst um Pete.

Das T-Shirt

»Ich kann nicht mehr«, hat Pete am Telefon gesagt. Da wusste ich, dass es was Ernstes ist. Pete hat noch nie gesagt, dass er nicht mehr kann. Bis heute.

»Ich komme«, habe ich am Telefon geantwortet. »So schnell es geht.«

Als Pete noch in meiner Straße wohnte, wäre so schnell es geht sehr schnell gewesen. Aber vor ein paar Monaten ist er umgezogen. In ein Kreativquartier. Wo er auch arbeitet und viel Geld verdient. Seitdem muss ich die U-Bahn nehmen, um ihn zu besuchen.

Schneller, feuere ich den Bahnfahrer in Gedanken an, los, fahr schon! Aber weil der nicht aus den Schienen fliegen will, auch nicht wegen Pete, der nicht mehr kann, ist so schnell es geht nicht besonders schnell.

Außer Atem komme ich bei Pete an, klingele Sturm, der Türsummer geht, ich renne die Treppen rauf. Die Tür zu Petes Wohnung steht offen. Pete sitzt am Küchentisch. Unrasiert. In dem Superman-T-Shirt, das ich ihm mal geschenkt habe.

»Das T-Shirt wirkt nicht mehr«, sagt Pete. Dann fängt er an zu weinen. Ich versuche mich zu erinnern, wann ich Pete schon mal weinen sehen habe, seit er kein Kind mehr ist. Als unsere Oma gestorben ist, fällt mir ein. Das war das einzige Mal, dass ich Pete als erwachsenen Mann habe weinen sehen.

Darum frage ich: »Wer ist gestorben?«

»Keiner«, sagt Pete.

Weil ich nicht weiß, was ich einem weinenden Pete sonst sagen soll, frage ich: »Warst du heute so unrasiert bei der Arbeit?«

»Ich geh da nicht mehr hin«, sagt Pete.

»Was ist denn los?«, frage ich.

Aber Pete will nicht reden.

»Soll ich uns eine Pizza bestellen?«, frage ich.

Aber Pete will auch nicht essen. Pete will gar nichts mehr, sagt er, nur endlich wieder schlafen.

»Also gehen wir jetzt schlafen«, sage ich.

Dann liegen wir im Dunkeln in Petes Bett. Alle paar Minuten frage ich: »Schläfst du schon?«

Und Pete schnieft leise: »Nein. Du?«

Als ich aufwache, ist es hell. Pete liegt nicht neben mir. Aus der Küche höre ich es klappern. Jetzt sucht er nach einem Messer, um sich die Pulsadern aufzuschneiden, um endlich wieder schlafen zu können, denke ich und springe aus Petes Bett. Renne in die Küche. Pete deckt den Tisch und sieht sehr rasiert aus. Er trägt Anzug und Krawatte, und seine Augen sind nur noch ein kleines bisschen rot.

»Jetzt kannst du also wieder«, sage ich vorwurfsvoll.

»Was kann ich wieder?«, fragt Pete.

»Alles«, sage ich. »Zur Arbeit gehen.«

Pete lacht, und ich sage: »Witzig. Sehr witzig.«

Im Badezimmerspiegel sehe ich viel mehr als Pete so aus wie letzte Nacht durchgeweint.

»Ich gehe jetzt«, sage ich, als ich aus dem Bad komme.

Pete runzelt die Stirn. »Kein Frühstück?«

»Keine Zeit. Von hier aus brauche ich doppelt so lange zur Arbeit.«

»Ist es denn so schlimm, wenn du ein bisschen zu spät kommst?«, fragt Pete.

»Ich bin zwar bloß Praktikantin«, sage ich. »Aber ja, es ist schlimm, wenn ich zu spät komme. Nicht jeder hat einen festen Job in der Kreativwirtschaft wie du.«

Schon auf der Treppe tut es mir leid. Pete würde niemals denken, dass meine Arbeit weniger wert ist als seine. Aber umkehren kann ich nicht, ich bin sowieso schon spät dran.

Im Bahnhofscafé hole ich mir schnell einen Kaffee im Pappbecher. Die Bedienung in bräunlicher Uniform schaut so mitfühlend, als könnte sie meinen Kummer verstehen.

Abends rufe ich Pete an, um mich zu entschuldigen. Er klingt komisch am Telefon. »Bist du erkältet?«, frage ich.

Erst als Pete sagt »Ich kann nicht mehr«, begreife ich, dass er wieder weint.

»Ich komme«, sage ich. Ich renne. Die U-Bahn fliegt nicht aus den Schienen. Ich klingele Sturm, der Türsummer geht, oben steht Pete und sieht aus, als wäre Oma gerade gestorben.

»Was ist denn bloß los mit dir?«, frage ich.

»Ich halte das nicht mehr aus.«

»Was hältst du nicht mehr aus?«, frage ich weiter.

Pete macht eine Handbewegung. Richtung Fenster. Aus dem Fenster sehe ich das Quartier, in dem Pete arbeitet.

»Deine Arbeit?«, rate ich.

»Auch.«

»Den Kapitalismus«, rate ich weiter.

Pete schweigt, und ich rate ein drittes Mal: »Die ganze Welt.«

Da nickt Pete.

Später liegen wir im Dunkeln, und jedes Mal, wenn ich frage, ob er schon schläft, flüstert Pete: »Nein. Du?«

Pete kann auch am nächsten Tag nicht mehr. Und am Tag darauf. Jeden Abend hoffe ich, dass das aufhört. Jede Nacht versuche ich, wach zu bleiben, bis Pete schläft, und dann schlafe ich doch wieder vor ihm ein.

Am Freitag sagt meine Kollegin Heike: »Du siehst schlecht aus. Bist du krank?«

Ich sage: »Nein, Pete ist krank.«

»Dein Hund?«, fragt Heike.

»Mein Bruder«, sage ich.

»Oh«, sagt Heike interessiert. »Was hat er denn?«

»Die ganze Welt«, sage ich.

Heike guckt fragend, darum erkläre ich: »Pete schläft nicht mehr. Er isst nicht mehr. Er kann nicht mehr. Nicht einmal mehr weinen.«

Heikes Gesicht hellt sich auf. »Eine Depression.«

»So könnte man es nennen«, sage ich, obwohl ich finde, dass das eigentlich nicht zusammenpasst. Pete und Depression. Wie ein Schmetterling in der Arktis.

»Mein Onkel war depressiv«, erzählt Heike. »Er ist in eine Klinik gekommen.«

»Und da konnten sie ihn heilen?«, frage ich und male mir schon aus, wie ich Petes Sachen für die Klinik packe. Und wie er dann später rasiert und fröhlich aus der Klinik zurückkommt.

»Er hat sich vom Klinikdach gestürzt, weil eine Krankenschwester die Tür nicht abgeschlossen hatte«, sagt Heike.

Ich denke an Petes Wohnung im Kreativquartier. An Petes Wohnung mit der schönen Dachterrasse.

»Ich muss dringend weg«, sage ich.

»Du siehst auch gar nicht gut aus«, stellt Heike fest. »Geh wirklich besser nach Hause.«

Unterwegs rufe ich Pete an. Erwische nur den Anrufbeantworter. Bitte nicht, denke ich. »Pete«, sage ich nach dem Piepton, »ich bin gleich da. Geh nicht auf die Dachterrasse.«

Ich Idiot, denke ich, als ich auflege. Vielleicht hat er noch gar nicht über die Dachterrasse nachgedacht.

»Pete«, sage ich nach dem Piepton, »ich bin's noch mal. Vergiss das mit der Dachterrasse.«

»Pete«, sage ich nach dem Piepton, »warte einfach auf mich. Bitte.«

Von der U-Bahn-Station aus renne ich. Das ist schwierig, denn ich habe Schuhe mit Absätzen an, weil wir heute Kundenbesuch hatten. Knack, macht es, als der Absatz bricht. Die letzten Meter zu Petes Wohnung humpele ich, weil ich mit dem kaputten Schuh nicht richtig auftreten kann. Ich klingele Sturm, während ich die Schuhe von den Füßen streife, der Türsummer geht, ich renne barfuß die Treppe hoch, Pete sitzt am Küchentisch.

»Warum bist du nicht ans Telefon gegangen?«, frage ich.

»Ich kann nicht«, sagt Pete.

»Das Telefon liegt genau vor deiner Nase«, sage ich.

Pete nickt.

»So geht das nicht weiter«, sage ich. »Ich komme morgens zu spät zur Arbeit, und eben habe ich mein einziges Paar gute Schuhe ruiniert.« Zum Beweis halte ich die Schuhe hoch.

Pete verzieht keine Miene.

»Pete«, sage ich. »Wenn das so weitergeht, musst du in eine Klinik.«

Pete verzieht keine Miene.

»Du kommst jetzt erst mal mit zu mir«, sage ich.

Ich stopfe keine Anzüge, Krawatten, Hemden in den Jutebeutel. Nur Jeans, zwei Pullis, T-Shirts, Shorts, Socken. Obenauf das Superman-T-Shirt. Man weiß ja nie.

Am Montag komme ich pünktlich zur Arbeit.

»Wie geht es Pete?«, fragt Heike.

»Nicht gut«, sage ich.

Sie seufzt wissend. »Bei einer Depression sieht man total schwarz. Mein Onkel hat gar keinen Sinn mehr im Leben gesehen.«

»Hat das Leben denn einen Sinn?«, frage ich. »So ganz von selbst, meine ich, ohne dass man sich einen reinbastelt?«

»Natürlich«, sagt Heike. »Alles, was passiert, hat einen Sinn. Der Tod meines Onkels zum Beispiel hat mir wieder vor Augen geführt, welchen Wert das Leben hat.«

»Der Kaffee ist alle«, sagt mein Chef.

Ich setze neuen auf. Schwarz. So schwarz, wie Pete das Leben jetzt sieht. Wenn es doch wenigstens nach Kaffee riechen würde. Ich denke darüber nach, was Heike über den Tod ihres Onkels gesagt hat. Und darüber, dass Petes Tod mir bloß die Wertlosigkeit des Lebens vor Augen führen würde. Ich nehme den Filter aus der Maschine. Er reißt. Kaffeesatz platscht auf den Boden. »Scheiße«, sage ich.

»Achte auf deine Wortwahl«, sagt mein Chef.

»Scheiße«, sage ich noch einmal sehr gewählt. »Welchen Sinn hat es denn bitte, dass dieser verdammte Dreckskaffeefilter reißt?« Ich fange an zu weinen. Mehr über Pete als über den Kaffeesatz.

»Siehst du«, sagt Heike. »Der gerissene Filter hatte den Sinn, dass du deinen Emotionen endlich freien Lauf lässt.«

»Morgen kommt Kundenbesuch«, sagt mein Chef. »Bis dahin hast du deine Emotionen bitte wieder im Griff.«

Als ich nach Hause komme, ist Pete nicht da. Ich renne zur U-Bahn, zu Petes Wohnung, benutze den Notschlüssel, den er mir mal gegeben hat, für den Fall, dass es mir irgendwann richtig schlechtgehen sollte. Pete sitzt nicht am Küchentisch. Die Tür zur Dachterrasse ist geschlossen.

Ich laufe durch die Stadt, nirgendwo Pete, aber die Stadt ist auch viel zu groß. Irgendwann wird es dunkel.

Früher, als Pete und ich noch Kinder waren, haben wir es geliebt, abends durch die Stadt zu laufen. Wir haben die erleuchteten Fenster angeschaut und uns ausgemalt, wer dahinter wohnt. Eine Familie, hat Pete dann zum Beispiel vorgeschlagen. Vater, Mutter und drei Kinder.

Ich fahre nach Hause, setze mich ans Fenster, schaue auf das leuchtende U, das man von hier aus gerade noch sehen kann. Über der ehemaligen Union-Brauerei hängt der volle Mond mit Petes traurigem Lächeln im Gesicht. Und mit den Kratern, den Schatten, den Augenringen seiner durchwachten Nächte. Pete, denke ich, wo immer du jetzt auch sein magst, schlaf gut.

Wenn wir doch eine Schwester hätten, denke ich. Dann könnte ich sie jetzt anrufen, und wir würden uns gemeinsam Sorgen machen um Pete.

Ich verschlafe am nächsten Morgen.

»Was hast du denn für Schuhe an?«, fragt mein Chef. Ich schaue auf meine abgewetzten Turnschuhe.

»Du weißt doch, dass Kundenbesuch kommt«, sagt mein Chef.

»Ich kauf mir neue gute Schuhe«, sage ich, während ich Kaffee aufsetze. »Wenn ich mal richtig Geld verdiene.«

»Das verdienst du dann wohl besser woanders«, sagt mein Chef.

»Gut«, sage ich. »Übrigens«, sage ich zu Heike, »scheiß ich auf deinen ganzen Sinn-des-Lebens-Scheiß.«

»Richtig so«, sagt sie. »Immer die Emotionen rauslassen.«

»Wortwahl«, sagt mein Chef.

Als ich nach Hause komme, sitzt Pete am Küchentisch. »Du bist aber früh zu Hause«, sagt er.

»Ich geh da nicht mehr hin«, sage ich. Ich ziehe Petes Superman-T-Shirt an. Wir liegen im Bett, obwohl es noch früh ist. Irgendwann wird es dunkel. Nur der U-Turm leuchtet.

»Meine Wohnung ist ja wirklich nicht schön«, sage ich zu Pete. »Aber ich liebe den Blick aus meinem Fenster.«

Pete antwortet nicht.

Er ist eingeschlafen.

Bahnsteig. Dortmund Hauptbahnhof. Gleis 7

Wenn ich statt Eva einen Bruder gehabt hätte, denke ich, einen Bruder wie Pete, dann hätte er vielleicht Mutters Traurigkeit geerbt. Mutter mit dem weißen Kittel und der müden Haube. Mutter, die auch einmal eine eigene Mutter gehabt haben muss, in einer Zeit, in der es Eva und mich noch nicht gab. In einer Zeit, als Mutter noch schlafen konnte. Weil sie aber keine Mutter mehr gehabt hatte, als wir geboren wurden, erst Eva, dann ich, war Mutters Mutter nie unsere Oma gewesen.

Selbst wenn wir eine Oma gehabt hätten, sagte ich manchmal zu Eva, wäre sie jetzt vielleicht trotzdem schon tot.

Aber wir haben doch eine Oma, sagte Eva einmal, weißt du denn nicht? Sie wohnt in Dortmund, und jeden Sonntag kocht sie Buchstabensuppe, weil sie weiß, wie sehr wir Buchstabensuppe lieben, und weil sie hofft, dass wir sie endlich einmal besuchen kommen. Und dann steht sie am Bahnhof und wartet und schaut auf das U der Union-Brauerei und denkt, wie schön es ist, dass überall in der Stadt Buchstaben sind.

Immer, wenn ich mir eine Geschichte ohne Eva ausdenke, habe ich ein schlechtes Gewissen.

Ich schaue mich auf dem Bahnsteig um, ob irgendwo eine Oma steht, die meine sein könnte. Aber mit mir am Gleis steht nur eine junge Frau. Sie wirkt seltsam abwesend. Als ob sie nach innen schauen würde. In sich hinein. Die Augen wie zugenagelte Fenster. Vielleicht bin ich ihr einfach nicht aufgefallen in meiner braungrauen Uniform.

»Dieser Bahnhof ist ja wirklich nicht schön«, sage ich leise, um sie nicht zu sehr zu erschrecken. »Aber ich liebe die Aussicht.«

Jetzt richtet der Blick der Frau sich nach außen. Sie zieht langsam die Rollläden hoch. Doch nicht vernagelt. Die Zimmer dahinter bewohnt.

»Ich meine den Blick auf den U-Turm«, erkläre ich und zeige auf das U der Union-Brauerei, das sich vom hellen Blau des Morgenhimmels abhebt.

»Noch schöner sieht es am Abend aus«, füge ich hinzu. »Wenn die blaue Stunde hereinbricht.«

So blau, denke ich, wie das Superman-T-Shirt, das noch immer unter meiner Jacke versteckt ist. Pete liebte die blaue Stunde. Oder war es Eva, die die blaue Stunde liebte?

Der Blick der Frau bewegt sich in die Richtung, in die mein Finger weist. Ihre Augen lächeln. Als hätte jemand das Licht hinter den Fenstern angeknipst.

Manchmal abends, wenn Eva und ich noch nicht nach Hause wollten, liefen wir die Straßen im Dunkeln entlang und sahen die hell erleuchteten Fenster. Stellten uns vor, wer dahinter wohnt. Eine Familie. Mit drei Kindern. Zwei Mädchen. Ein Junge. Der Junge beschützt seine Schwestern. Stell dir nur vor, sagte Eva. Und wir stellten uns vor, was hinter diesen Fenstern passierte. Manchmal stellte ich mir auch eine andere Familie vor. Oma, Opa und zwei Enkelkinder. Ein Mädchen und ein Junge. Und manchmal dachte ich immer noch: Vater, Mutter und ein Adoptivkind. Aber das verriet ich Eva nicht.

»Wirklich schön«, sagt die junge Frau.

Ich schaue ihr direkt in die Augen, obwohl das riskant ist, weil ich damit auch die Rollläden vor den eigenen Fenstern weiter hochziehe. Ich sage: »Ist es nicht toll, dass die alte Union-Brauerei jetzt einer neuen Nutzung zugeführt wurde?«

Sie nickt. Ich habe Angst, dass sie das Interesse verliert. Den Blick wieder nach innen wendet. Sich mir verschließt. Bleib bei mir, denke ich. Hör mir zu. Hör mir doch zu.

»Nach der Verlagerung des Brauereistandortes blieb das Gebäude erst eine lange Zeit leer«, fahre ich schnell fort. »Schließlich hat man sich für eine Neunutzung entschieden. Heute beherbergt es ein Museum. Und einen Kunstverein. Irgendwas mit Medien …«

Der Blick der jungen Frau regungslos. Hat sie überhaupt zugehört? Hat sie … Doch, sie hat.

»Ich … wünschte …«, setzt sie an. Mühsam. Als müsste sie erst in den Zimmern hinter ihren Augenfenstern nach den richtigen Worten suchen. »Ich … ich wünschte … das hätten sie mit dem Hotel Donna auch getan.«

Ich verstehe nicht, was sie meint. Schaue sie an. Fragend.

»Entschuldigen Sie«, sagt sie. Die Stimme wie bröckelnder Putz. »Sie wissen ja gar nicht, wovon ich rede.«

Die S-Bahn fährt ein. Die Türen öffnen sich. Aussteigen. Einsteigen. Die junge Frau nimmt neben mir Platz. Wühlt in ihrem Rucksack. Zieht eine verschlissene Mappe hervor. Reicht sie mir. Darin: Zeitungsausschnitte. Aus dem Bochumer Lokalteil. ›Schandfleck soll endlich weg‹. Berichte über ein leerstehendes Hotel, begreife ich beim Überfliegen. Mein Blick wandert wieder zu ihren Augen.

»Meine Urgroßeltern hatten das Hotel gepachtet«, erklärt sie. Und ich höre den Putz bröckeln und rieseln. »Meine Oma ist nie darüber weggekommen, dass es später leer stand und immer mehr verfiel … Wenn es eine Neunutzung gegeben hätte …«

Ich denke an die Leere eines Hotels. An die leeren Zimmer. So leer wie ich ohne Eva. Unbewohnt. »Und Ihre Oma …«, setze ich schnell an, um die Gedanken auszublenden. Aber da hat sie die Rollläden schon wieder heruntergelassen.

Als die S-Bahn in Bochum-Langendreer einfährt, steht die junge Frau auf. Ich will ihr die Mappe zurückgeben. Doch sie winkt ab. Erst da merke ich, dass sie angefangen hat zu weinen.

Wer ist gestorben?, will ich fragen. Ich ziehe das Superman-T-Shirt unter meiner Jacke hervor. Strecke der jungen Frau das Knäuel aus blauem Stoff entgegen.

Ihr fragender Blick.

»Man weiß ja nie«, sage ich leise.

»Danke«, sagt die junge Frau und lässt das T-Shirt in ihren Rucksack gleiten. Ihre Augen wie Fenster. Hell erleuchtet.

Haben Sie einen Bruder?, will ich fragen. Aber die junge Frau ist schon ausgestiegen. Sie hat bestimmt einen Bruder. Als Kinder haben sie ihre Playmobilmännchen auf Expedition geschickt. Der Junge hat das Mädchen beschützt. Und ihre Oma kochte immer Buchstabensuppe. Du musst nur die Augen zumachen. Stell dir mal vor.

Die Mappe

»In den 50er und 60er Jahren sind hier die Größen von Funk und Fernsehen ein- und ausgegangen«, hast du oft erzählt, wenn wir am Hotel Donna vorbeikamen. »Sogar der Rudi Carrell. Könnt ihr euch das vorstellen?«

Nein, konnten wir nicht. Soweit Pete und ich uns erinnerten, stand das Hotel schon immer leer. Aber wir wussten, dass deine Eltern, die unsere Urgroßeltern waren, das Hotel früher gepachtet hatten. Also glaubten wir dir.

»Ein Schandfleck ist das jetzt«, hast du gesagt. Da hab ich meine Hand nach deiner ausgestreckt. Aber du hast deine weggezogen. Du hast uns nie umarmt oder an die Hand genommen, soweit ich mich erinnern kann.

»Oma kann das nicht so«, hat Mama leise gesagt, als ich sie mal danach gefragt habe.

»Hat sie dich auch nie umarmt, als du klein warst?«, wollte ich wissen. Als ich Mamas Blick sah, hab ich schnell meine Hand nach ihrer ausgestreckt.

Als Kinder haben Pete und ich dich oft gebeten, Geschichten über das Hotel zu erzählen. Dein Kopf schien voll von diesen Geschichten zu sein. Ich stellte ihn mir wie das Hotel vor. Mit Zimmern, in denen du ein und aus gehen konntest.

»Da war ein junger Mann aus dem Norden«, erzähltest du. »Der hatte sich in eine Frau verliebt. Um sie wiederzusehen, war er hergekommen und stieg bei uns ab. Ein feiner junger Mann. Ich erinnere mich noch an den Siegelring, den er trug.«

Du hast innegehalten, als müsstest du erst alle benötigten Erinnerungen aus den Zimmern in deinem Kopf zusammentragen, und fuhrst dann fort: »Als er sich auf den Weg machte, mit einem Blumenstrauß, den ich für ihn besorgt hatte, war ich genauso nervös wie er.«

Während du das erzähltest, hast du gelächelt. Heute bilde ich mir ein, dass in solchen Momenten alle Falten aus deinem Gesicht verschwunden gewesen waren.

Pete interessierte dieser Teil der Geschichte nicht. Mädchenkram. Ich aber musste an Aschenputtel denken und an den Prinzen, der sich aufmachte, seine Prinzessin zu finden. Blumen?, hätte ich beinah gefragt. Kein Schuh?

»Abends erschien der junge Mann nicht zum Essen«, sagtest du. »Der Pförtner versicherte, dass der junge Mann gegen Mittag zurückgekehrt und in sein Zimmer gegangen sei. Als ich dort anrief, hob niemand den Hörer ab.« Dein Lächeln zerbrach. In tausend kleine Falten. »Ich kam zu spät. Die junge Frau, in die er verliebt war, hatte sich als Freudenmädchen entpuppt. Das hat er nicht verkraftet.«

»Was ist ein Freudenmädchen?«, wollte ich wissen.

Aber du hast nur gesagt: »Er war so ein feiner junger Mann.«

Ich verstand nicht, warum ein Freudenmädchen den jungen Mann traurig gemacht hatte. So traurig, dass er sterben musste. Mama hat uns später erklärt, was ein Freudenmädchen ist. Mama mit den müden Händen.

Bei unserem nächsten Besuch bei dir habe ich gehört, wie sie zu dir gesagt hat: »Warum musst du ihnen denn diese Schauermärchen erzählen?« Und ich musste wieder an Aschenputtel denken.

Dass das Donna ein Hotel gewesen war, erkannte man in meiner Kindheit nur noch an der Leuchtschrift. Zehn Glasquader mit Buchstaben. Pete hat mir daran Buchstabieren beigebracht: H-O-T-E-L D-O-N-N-A. Ich habe damit Lesen geübt: Hooo-tel Doooo-nna. Später haben Pete und ich Wer-baut-die-meisten-Wörter damit gespielt: Adel, Tod, Not, Held, Land, Lohn.

Wenn wir bei dir in der Küche Buchstabensuppe aßen, versuchten Pete und ich, die Wörter auch aus den Nudeln zu bilden. Wir fischten die Buchstaben aus der Suppe und legten sie auf den Tellerrand.

Als ich TOD und NOT zusammengesetzt hatte, hast du mir grob den Teller weggezogen. »Mit Essen spielt man nicht.«

Mama hat später versucht, mir zu erklären, dass du Tod und Not eben gut kanntest, weil ihr nach dem Krieg kaum etwas zu essen hattet. Ich fragte mich, ob dein Vater dich in den Wald geschickt hatte, so wie Hänsel und Gretel, weil nicht genug Essen für alle da gewesen war.

Als wir das nächste Mal bei dir waren, hast du trotzdem wieder Buchstabensuppe gemacht, weil du wusstest, wie gern wir die essen. Für ADEL, HELD, LAND und LOHN hast du mir nicht den Teller weggenommen. Nur ganz kurz die Hand auf meinen Kopf gelegt. So lernte ich, dass es gute und schlechte Wörter gab. So wie alles in Gut und Schlecht einteilbar war. Wie bei Aschenputtel Erbsen und Linsen. So wie Butter. Denn abends aßen wir bei dir Schnittchen mit guter Butter. Und Pete bat: »Oma, erzähl vom Hotel.«

»Es gab da einen Ingenieur«, erzähltest du. »Der kam mit einer Gruppe russischer Kollegen in die Wirtschaft. Er hatte der Delegation Stahlwerke in Bochum gezeigt. Als er bei mir am Tresen die erste Runde bestellte, fiel mir gleich auf, wie blass er war.« Du machtest eine Pause. Schobst dein Schnittchen auf dem Teller hin und her. Hin und her.

»Was war denn mit ihm los?«, drängelte Pete.

»Er und sein bester Freund waren im Krieg in russische Gefangenschaft geraten.« Du senktest wieder die Stimme. »Der beste Freund wurde erschossen.«

Ich begriff, dass dies eine der Geschichten war, von denen Mama nicht wollte, dass du sie uns erzähltest. Pete und ich rückten ganz nah an dich heran.

»Der Ingenieur selbst hatte Glück«, sagtest du. »Kehrte zurück nach Hause und begann sein Studium.«

Vielleicht hatte der Ingenieur dich an deinen Bruder erinnert, dachte ich später. Der war auch im Krieg gewesen. »Mein Bruder war nach seiner Rückkehr ganz verwandelt«, sagtest du, und ich musste dann immer an Brüderchen und Schwesterchen denken. War dein Bruder in ein Reh verwandelt worden? Nun komm ich noch einmal und dann nimmermehr. Manchmal hatte ich Angst um Pete, weil es immer die Brüder waren, die verwandelt wurden. Auch in »Die sieben Raben« und »Die sieben Schwäne«. Manchmal wünschte ich mir eine Schwester, weil ich dachte, dass Schwestern nicht so leicht verwandelt würden. Aber auf dem Bild, das von deinem Bruder auf dem Fernseher stand, sah er aus wie ein normaler Mensch. Nur trauriger.

»Mein Bruder«, hast du gesagt, »sprach nach dem Krieg nicht mehr viel. Ich wusste nie, was in seinem Kopf vorgeht. Man kann Menschen ja nur vor den Kopf gucken. Aber ich habe auch nicht viel gefragt. Wir mussten ja nach vorn schauen. Das Land wieder aufbauen.«

Auch der Ingenieur hatte wieder aufbauen wollen. Hatte nur nach vorne geschaut. Bis zu dem Tag, an dem er die russischen Ingenieure in Empfang nahm.

»In einem von ihnen erkannte er den Kommandeur, der die Erschießung seines besten Freundes befohlen hatte«, sagtest du. »Nun musste er mit diesem Schwein feiern und trinken. Die Russen, erklärte der Ingenieur, würden eine Runde Wodka nach der nächsten bestellen. Nicht mitzutrinken, wäre eine Beleidigung gewesen. Aber wenn ich nur ein Glas trinke, sagte mir der Ingenieur, werde ich diesen Kerl umbringen.«

Wieder schwiegst du.

Wieder drängelte Pete: »Und dann? Hat er das Schwein umgebracht?«

»Er hat ein Glas nach dem anderen getrunken«, sagtest du. »Keiner hat gewusst, dass von den Wodkagläsern, die ich brachte, eines immer mit Wasser gefüllt war. Am Ende des Abends war der Ingenieur stocknüchtern und noch blasser als zuvor. Wissen Sie, was mich am meisten trifft?, fragte er mich. Dass dieses Schwein sich nicht an mein Gesicht erinnert – ich hätte sein Gesicht unter tausenden wiedererkannt.«

Ich sah den Zorn des Ingenieurs auf deinem Gesicht. So lernte ich den Unterschied zwischen guten und schlechten Menschen.

Manchmal, wenn wir am Hotel vorbeikamen, haben Pete und ich zwischen vergilbten Gardinen und durch blinde Scheiben hindurch in die Räume gespäht. Bei guten Lichtverhältnissen konnten wir den Moosteppich sehen, der nun dort wuchs. Und einen Urwald aus kleinen Pflanzen. Wir malten uns aus, wie es wäre, dort unsere Playmobilfiguren auf Expedition zu schicken.

»Ein Schandfleck ist das«, hast du immer wieder gesagt.

Ich traute mich nicht zu sagen, wie schön ich den kleinen Urwald fand, weil ich den Rasen in deinem Garten kannte und wusste, dass du jedes Gänseblümchen sofort ausgerissen hast. Mit dem Miniatur-Urwald hättest du kurzen Prozess gemacht, wenn die Türen zum Hotel nicht mit Brettern vernagelt gewesen wären.

»Die Wirtschaft war eine Goldgrube«, erzähltest du. »Jeden Tag von neun Uhr morgens bis drei Uhr nachts war was los.«

Ich habe das erst nicht verstanden. Wirtschaft war das, worauf Papa schimpfte, wenn er Zeitung las. Pete erklärte mir abends im Bett, nachdem wir Schnittchen mit guter Butter gegessen hatten, dass Wirtschaft auch eine Kneipe oder ein Restaurant sein konnte.

»Aber warum Goldgrube?«, fragte ich und musste an Hans im Glück und seinen Klumpen Gold denken.

Pete zuckte mit den Schultern.

Von da an wünschte ich mir umso mehr, ins Hotel Donna einzubrechen. Viel später erst habe ich begriffen, wie du das mit der Goldgrube gemeint hattest.

Mit den Jahren hast du immer länger und öfter zwischendurch innegehalten, wenn du erzähltest. Mit den Jahren kamen mir diese Pausen immer mehr wie bewusste Auslassungen vor. Ich begann zu ahnen, dass es Zimmer in deinem Kopf gab, zu denen ich keinen Zutritt hatte. Genauso gerne, wie ich als Kind in die Wirtschaft des Donna eingebrochen wäre, wollte ich als Jugendliche in deinen Kopf einbrechen. Alle Türen aufmachen. Auch die verbotenen. Aber immer wieder hast du uns nur dieselben Geschichten erzählt. Auch dann, als wir längst nicht mehr danach gefragt haben.

»Ich kannte alle Zimmer im Hotel in- und auswendig«, sagtest du. Genauso in- und auswendig kannten Pete und ich die Geschichten darüber.

»Sogar der Rudi Carrell war hier«, hast du gesagt. Aber Pete und ich fanden Rudi Carrell mittlerweile blöd. Deshalb konntest du uns damit nicht mehr beeindrucken.

»Damals war das ein sehr gutes Haus«, hast du weiter erzählt.

Ich fing an, mich zu fragen, woher du das Recht nahmst, die Welt in Gut und Schlecht einzuteilen. Einmal habe ich die Frage laut ausgesprochen. Da hat Mama mich warnend angeschaut.

»Warum darf ich das nicht fragen?«, habe ich später von ihr wissen wollen.

»Weil Oma es nicht leicht gehabt hat. Der Krieg und all das.« Mamas Stimme wie bröckelnder Putz.

»Und du?«, hab ich gefragt. »Hast du es leicht gehabt mit einer Mutter, die dich nie in den Arm genommen hat?«

Da hat Mama nichts mehr gesagt.

Und natürlich musste ich an die böse Stiefmutter denken. Aber Märchen waren mir nicht mehr so wichtig. Genau wie deine Hotelgeschichten, bei denen ich immer häufiger weghörte.

Deine Geschichten vom Krieg. Die wollte ich hören. Aber das waren die Zimmer, an deren Türen man nicht rüttelt. Trotzdem. Ich wollte mich nicht länger aussperren lassen.

»Als mein Bruder aus dem Krieg zurückkam, fand er ein zerstörtes Ruhrgebiet vor«, sagtest du. »Das Hotel, das wir vorher gepachtet hatten, war zerbombt worden. Eine Schande, dass es zerbombt wurde. Nachbarn haben meinem Bruder dann gesagt, wo wir waren, unsere Eltern und ich. Bis dahin hatte er uns für tot gehalten. Und das nach all dem Elend, das er im Krieg erlebt haben muss …«

»Und du?«, wollte ich wissen. »Was hast du denn im Krieg erlebt?«

»Vor dem Krieg hatten wir ein wirklich schönes Hotel«, hast du gesagt. »Eine Schande, dass es zerbombt wurde.«

»Aber was war im Krieg, Oma?«, habe ich geschrien.

»Nach dem Krieg haben wir dann alles wieder aufgebaut«, hast du gesagt. »In den 50ern war das neue Hotel Donna fertiggestellt. Wir feierten große Eröffnung. Die 50er Jahre, das war eine goldene Zeit.«

Als ich noch einmal ansetzen wollte, hat Pete mich schroff unterbrochen: »Jetzt lass doch.«

Ich hab damals noch nicht gewusst, dass Erinnerungen wehtun können.

Aber ich habe nicht mehr nachgebohrt, weil Pete ein Jahr älter war und damit ein Vorbild für mich.

»Ein gutes Jahr älter«, hast du immer gesagt.

Und irgendwann begann ich mich zu fragen, ob du damit meintest, dass es ein gutes Jahr gewesen war, weil es mich noch nicht gegeben hatte.

»Ein Schandfleck ist das heute«, hast du kopfschüttelnd gesagt, als wir wieder einmal vor dem Hotel standen.

Ich kam längst nicht mehr auf die Idee, meine Hand tröstend nach dir auszustrecken. Stattdessen sagte ich: »Ich finde das Hotel so abgerockt cool.«

Da hast du nichts mehr gesagt. Überhaupt bist du immer schweigsamer geworden. Manchmal ist das Innehalten in den Erzählungen zu einer halben Ewigkeit geworden.

Auch wenn du geredet hast: Ich hörte meistens weg und fragte nicht mehr. Nur bei den Geschichten, die mich wütend machten, ging das nicht. Vor allem, wenn du von den Asylanten sprachst.

»In den 80ern übernahm ein neuer Pächter das Donna«, erzähltest du. »In den 90ern hatte er es so weit heruntergewirtschaftet, dass kaum noch Gäste kamen.« Hör auf, hätte ich am liebsten gesagt, weil ich die Geschichte ja kannte. Aber du hast weitererzählt: »Die Stadt suchte nach Quartieren für die Asylanten, die massenhaft in die Region kamen, und zahlte gutes Geld dafür. Also hat der Pächter die Zimmer an die Stadt vermietet. Er hat doppelt und dreifach Reibach gemacht, indem er die Zimmer überbelegt hat.«

Ich musste an die Menschen denken, die in dieser Zeit im Hotel lebten. Heimatlos. Sprachlos. Eingepfercht.

»Ich war damals einmal im Hotel«, erzähltest du. »Das waren Zustände! Die haben ihr Vieh in den Zimmern geschlachtet! Überall Dreck. Dass man so leben kann. Wie die Tiere. Und die Wirtschaft …«

Einmal, als Pete und ich Buchstabensuppe aßen, habe ich dazwischengeschrien: »Du und deine Wirtschaft! Für dich ist alles so einfach: Russen sind Schweine, Asylanten sind Tiere … Schlimm ist nur, wenn deine Scheißwirtschaft vor die Hunde geht! Die Menschen sind dir egal!« Und ich musste dabei auch an Mama denken.

»Aber die Wirtschaft war eine richtige Goldgrube«, sagtest du ganz ruhig. So, als ob das alles beantworten würde. Da bin ich einfach aufgestanden und gegangen.

»Du hast doch noch nicht aufgegessen«, habe ich dich noch sagen hören.

Essen verkommen zu lassen, war in deinen Augen eine Schande. Aber ich mochte deine Suppe nicht mehr essen. Suppe, mit der ich nur gute Worte schreiben durfte. Suppe, in der Not und Tod nicht vorkommen durften.

In dieser Nacht bin ich mit einer Leiter und Werkzeug zum Hotel. Ich hab die Leiter so aufgestellt, dass ich an die Buchstaben heranreichen und einen Glasquader nach dem anderen abmontieren konnte. H O T E L D O N N A. Die Buchstaben habe ich in den Mülltonnen der Stadt verteilt. Nicht einmal Pete verriet ich, dass ich es war, die die Buchstaben abmontiert hatte. Ohne die Leuchtschrift war das Haus nur noch ein gesichtsloser 50er-Jahre-Bau wie unzählige andere im Ruhrgebiet. »Es ist blicklos geworden«, sagte Pete zu mir, als wir über das Hotel sprachen. »Wie Oma, wenn sie nach innen blickt.«

»Wenn sie sich in ihrem Hotel verschanzt«, sagte ich wütend.

»Woher willst du wissen, dass sie nicht darin gefangen ist?« Pete schaute mich traurig an und sah dabei ein bisschen aus wie dein Bruder auf dem Foto.

Da habe ich zum ersten Mal gedacht, dass du beim Erzählen nicht deshalb so oft innegehalten hast, weil du nach den richtigen Türen gesucht hast, sondern weil die Türen zunehmend klemmten. Das hat später auch der Arzt bestätigt.

Obwohl er andere Worte dafür benutzt hat. Es hat dann nicht mehr lange gedauert, bis du gar nicht mehr nach außen geblickt hast.

Als wir deine Wohnung auflösen mussten, weil du nicht mehr alleine dort bleiben konntest, fiel mir eine Mappe mit Zeitungsausschnitten in die Hände. ›Neueröffnung Hotel Donna‹, ›Rudi Carell in Bochum‹, ›Schandfleck soll endlich weg‹. Sorgsam ausgeschnitten und mit Daten versehen.

Auf deiner Beerdigung stehe ich vor dem rechteckigen Loch, in das sie dich hinabgesenkt haben. Jetzt kannst du bis in alle Ewigkeit Wodka trinken und Buchstabensuppe essen mit dem jungen Mann und dem Ingenieur. Die Asylanten kannst du aussperren. Und den Krieg. Und mich.

In der Nacht mache ich mich auf den Weg zum Hotel Donna. Als ich davorstehe, erschrecke ich. Pete hat recht: Ich habe dem Hotel die Augen genommen.

Ich rüttele an allen Türen. Vergeblich. Zugenagelt. Versperrt. Da greife ich nach einem großen Stein, der auf dem Bürgersteig liegt. Es tut gut, das Glas klirren zu hören. Zu sehen, wie die Scheibe zerbirst. Vorsichtig klettere ich durch das Fenster.

Drinnen die Pflanzen. Staub. Schimmelgeruch. Spinnweben. In vielen Räumen noch Gegenstände. Reste der Einrichtung. Bücher. Kleidung. Manche Zimmer wirken fast noch bewohnt unter der dicken Staubschicht.

»Hals über Kopf hat sich der damalige Pächter aus dem Staub gemacht«, hast du gesagt.

Ich stelle mir vor, dass die Zimmer noch immer auf die Rückkehr ihrer Bewohner warten. Auf die Asylanten. Auf den jungen Mann. Und auf dich. Vor allem auf dich. Irgendwo im Hintergrund höre ich Polizeisirenen.

Nachdem er mich im Präsidium abgeholt hat und wir im Bahnhofscafé einen Espresso trinken, den uns die Bedienung mit den müden Augen und der bräunlichen Bluse zubereitet hat, fragt Pete: »Was wolltest du denn überhaupt im Donna?«

Aber das weiß ich selbst nicht mehr genau.

Pete streckt seine Hand nach meiner aus. Erst da merke ich, dass ich angefangen habe zu weinen.

S1. Irgendwo zwischen Bochum und Duisburg

Ich sitze immer noch in der S-Bahn. Halte die abgegriffene Mappe mit den Zeitungsartikeln in den Händen. Schandfleck muss weg. Ich fühle mich leer. Leer wie Mutters Blick, wenn sie nach der Nachtschicht nach Hause kam. Leer wie das zweite Bett in unserem Mädchenzimmer, nachdem Eva ausgezogen war. Bitte bleib, hatte ich sagen wollen, aber dann doch geschwiegen. Immer, wenn ich mir eine Geschichte ohne Eva ausdachte, fühlte ich mich schuldig. Ohne Eva gelingt es mir nicht, an eine Oma zu denken, die nicht gestorben ist. Ohne Eva sind alle Omas schon tot. Ohne Omas ist die Welt leer. Stadtplaner sprechen von gefühltem Leerstand und meinen damit Ecken in der Stadt, in denen die Ladenlokale zwar noch vermietet sind, die sich aber trotzdem leer anfühlen. Weil dort nur noch Ein-Euro-Shops oder Piercingläden angesiedelt sind. Schandflecke, hättest du gesagt. Oder ist es Jonas, der das sagen würde? Ich bin ein Schandfleck. Gefühlt leer unter meiner taupefarbenen Uniform.

Früher, als Mutter noch nicht dauernd müde war, hat sie manchmal von ihrer Mutter erzählt. Dass sie nie über den Krieg gesprochen hat. Dass sie immer nur nach vorn blicken wollte. Hätten Eva und ich die Buchstabensuppe einer solchen Oma essen mögen? Sie hat mich nie in den Arm genommen, hat Mutter einmal gesagt. Aber das war später. Als Mutter schon weit weg war. Nicht mehr zu erreichen.

»Fahrschein, bitte«, sagt der Kontrolleur.

Ich verharre reglos. In diesem Moment meines Lebens. Den Blick unverwandt aus dem S-Bahn-Fenster gerichtet.

»Fahrschein, bitte«, wiederholt der Kontrolleur mit Nachdruck. Jetzt hebt sich mein Blick. Widerwillig. Aber er hebt sich. Landet im Gesicht des Kontrolleurs. »Ich steige sowieso gleich aus«, sage ich. Der Kontrolleur lacht. Gequält. »Ich brauche trotzdem Ihren Fahrschein.« Er reibt seine Schläfen. Die Augenlider.

Vielleicht verschwindet das alles hier, wenn er nur lange genug reibt. Wie bei einem Wunschring. Reiben und sich alles anders wünschen. Einmal muss das doch in Erfüllung gehen. Ein einziges Mal nur. Du kannst alles haben und sein, was du willst. Du musst nur die Augen zumachen.

Der Kontrolleur schließt die Augen, und für einen Moment glaube ich es wirklich. Dass er gleich verschwunden sein wird. Aber er bleibt, wo er ist. Öffnet die Augen. Und auch ich bin immer noch da. Sein Blick sagt: Na, mach schon. Meine Schultern heben und senken sich. »Ich habe kein Ticket.«

Er wirft einen Blick auf sein Handgelenk. Der Blick fällt. Landet auf einer altmodischen Herrenuhr. So früh noch?, erschreckt sich der Blick. Vielleicht lügt sie, die Uhr. Vielleicht hat sie die Zeiger angehalten, den Atem, während die Zeit weitergelaufen ist. Feierabend kann doch nicht mehr so weit entfernt sein. Einmal muss das doch …

Die Frau mir gegenüber hört auf, die bunten Klebezettel in ihrem Taschenkalender zu sortieren. Gelb, grün und dieses kreischende Pink. Ihr Mund ist verkniffen. Ihr Blick sagt: Muss das denn sein? Ihr Blick sagt: Bitte! Nicht! Stören!

Der Kontrolleur seufzt. Er kann mich nicht gehen lassen, ohne sein Gesicht zu verlieren. Nicht mehr jetzt, wo die prüfenden Blicke der Frau auf uns ruhen.

»Dann muss ich Sie aufschreiben«, sagt der Kontrolleur. Umständlich fischt er ein Formular aus der Tasche. Faltet es auf. »Name?«

»Du kannst sein, wer immer du sein willst«, sage ich. »Du musst nur die Augen zumachen.«

Der Stift, mit dem der Kontrolleur gerade beginnen wollte, das Formular auszufüllen, ragt starr in die Luft. Reglos.

Vielleicht ist die Zeit stehengeblieben. Vielleicht ist die Zeit stehengeblieben. Vielleicht ist die Zeit … Dann holt der Kontrolleur tief Luft. Sein Gesicht sagt: Ich hab das alles so satt. Sein Mund sagt: »Verarschen kann ich mich alleine.«

»Ich verarsche Sie nicht …«, setze ich an.

»Dann nennen Sie mir doch einfach Ihren Namen und Ihre Anschrift.« Die Stimme des Kontrolleurs ist müde. So müde.

»Ich habe keine Anschrift«, sage ich leise. Es tut mir so leid, will ich sagen.

»Natürlich haben Sie eine Anschrift«, knurrt der Kontrolleur. Die Situation ist ihm außer Kontrolle geraten.

»Sie glauben also, ich lüge?«, frage ich.

»Was weiß ich. Man kann Menschen ja immer nur vor den Kopf gucken …«

Vor den Kopf. Ja. Vor die Fassade. Was würde er sehen, wenn er in meinen Kopf hineinschauen könnte? Staub. Schimmel. Spinnweben. Reste der Einrichtung als Beweis, dass hier mal Leben war. Jetzt unter einer dicken Staubschicht.

Als ich seinen Blick sehe, möchte ich schnell die Hand nach dem Kontrolleur ausstrecken. Hab keine Angst. Ich weiß doch auch nicht weiter.

Essen-Frohnhausen leuchtet der Name der nächsten Haltestelle im Display auf. Wenn ich einen Bruder wie Pete gehabt hätte. Wir hätten, egal wo wir gewesen wären, immer Wer-findet-die-meisten-Wörter gespielt. Pete hätte mich beschützt. Pete hätte mir alles beigebracht, was ich über das Leben hätte wissen müssen. Essen-Frohnhausen. E S S E N F R O H N H A U S E N. Wer findet die meisten Namen. Nora. Sue. Anne. Suse. Hanne. Rosa.

»Rosa«, sage ich. »Mein Name ist Rosa. Rosa Hess.«

Der Kontrolleur stutzt.

»Keine Anschrift. Ich habe mich Hals über Kopf aus dem Staub gemacht«, erkläre ich. »Einen Ausweis habe ich auch nicht dabei.« Es tut mir leid, will ich sagen. Es tut mir alles so leid.

Der Kontrolleur blickt mich noch einmal an. Sieht er den Leerstand? Den Staub, den Schimmel, die Spinnweben?

»So so«, sagt er bloß. »So so.« Der Stift ist wieder in Bewegung geraten. Reibt über die Bartstoppeln. Hinterlässt ein kratzendes Geräusch. Sucht. Findet endlich das Papier. Trägt meinen neuen Namen akkurat ein. »Sie legen dieses Formular am Schalter im Bahnhof vor, Frau Hess. Und irgendetwas, womit Sie sich ausweisen können. Und dann zahlen Sie ein erhöhtes Beförderungsentgelt.«

Und wenn nicht?, will ich fragen. Bleibt Rosa Hess dann ein ungelöster Fall? Eine Karteileiche? Ich schweige und nehme das Formular entgegen.

»Innerhalb von vierzehn Tagen«, sagt der Kontrolleur. An guten Tagen passiert ihm so etwas nicht. An guten Tagen kontrolliert er nur anständige Menschen. Mit Namen und Anschriften. Mit Tickets und Ausweisen.

»Na dann, gute Weiterfahrt«, sagt der Kontrolleur und geht. Ihm folgt, auf leisen Sohlen, die Müdigkeit.

Die Frau mit dem Kalender ist wieder bei ihren Klebezetteln. Der Blick verschlossen. Nach innen gewandt. Die Rollläden heruntergelassen. Ich wünsche mir, in ihren Kopf einbrechen zu können. In ihren Kopf, in dem sicher alles ganz geordnet ist. In den sie Erinnerungen genauso akkurat einträgt wie ihre Termine in den Kalender. In Schönschrift. Abgehakt. Oder ist es möglich, dass es auch in ihrem Leben Dinge gibt, die sich einfach nicht abhaken lassen? Karteileichen? Ungelöste Fälle? Eine Rosa Hess? Eine Eva? Einen Jonas?

»Welches System hat das mit Ihren Klebezetteln?«, frage ich.

Der Blick der Frau hebt sich. Widerwillig. Aber er hebt sich. Sei doch still, sagt er. Sei doch still. Sei doch still. Sei doch still. Ihr Mund sagt: »Eine Priorisierung der Dinge, die ich zu erledigen habe. Grün die weniger wichtigen. Gelb die dringlicheren. Pink die ganz wichtigen Aufgaben.«

»Was gibt Ihnen das Recht, die Dinge in Wichtig und Unwichtig aufzuteilen?«, frage ich.

»Und was gibt Ihnen das Recht, sich einfach einen Namen auszudenken, Rosa Hess?« Ich höre, wie ihre Stimme die Farbe verändert. Von Gelb in Pink übergeht. Dieses kreischende Pink. »Was gibt Ihnen das Recht, einen Kontrolleur anzulügen?«, fragt ihr Mund. Ihr Gesicht sagt: Was gibt Ihnen das Recht, in mein Leben einzudringen. In dieses Leben, das zu klein ist, als dass darin zwei Meinungen reibungslos nebeneinanderpassen. »Sie können froh sein, dass er so gutgläubig war und nicht die Polizei hinzugezogen hat«, sagt ihr Mund. Gutgläubig? Oder bloß müde, denke ich.

»Was hat meinen Eltern das Recht gegeben, mir einfach einen Namen auszusuchen?« Meine Stimme klingt fremd. Ist das noch meine Stimme? Wem gehört eine Stimme, sobald sie den Körper verlässt und in den öffentlichen Raum dringt? Wem gehört eine Stimme, die jemand anderem in die Gehörgänge kriecht? »Man wächst doch in seinen Namen hinein. So lange, bis man hineinpasst. Ohne diese Namen wären wir alle gleich. Aus den gleichen Bausteinen gemacht: Adenin, Thymin, Guanin, Cytosin. Vielleicht sind es nur die Namen, die uns zu dem machen, was wir dann am Ende sind.« Ich starre sie an. Und weiß ja, dass es bloß Unsinn ist, was ich da rede.

Nimm deinen Blick da weg, sagt ihr Gesicht. Sie klappt den Kalender zu. Legt ihn neben sich auf den Sitz. Schließt die Augen. Will mich nicht hören. Aber das Ohr hat kein Lid. Nein, das Ohr hat kein Lid, das sie einfach verschließen kann.

Ich rede weiter. Leiser. Wie bröckelnder Putz klingt meine Stimme: »Eigentlich ist es doch tröstlich. Dass man in jeden Namen hätte passen können. Dass alles auch ganz anders hätte sein können. Tröstlich und traurig. Weil man sich immer für einen Weg entscheiden muss. In diesem zu kleinen Leben.«

Wenn ich einen Bruder wie Pete gehabt hätte, hätte ich vielleicht eine Oma gehabt, die ihn mehr geliebt hätte als mich. Wenn ich einen Bruder wie Pete gehabt hätte, hätte ich feststellen müssen, dass auch ein Bruder wie Pete mich nicht immer verstanden hätte.

Die Frau blickt starr aus dem Fenster, hinter dem nun der nächste Bahnhof auftaucht.

»Dürfte ich bitte«, drängelt eine Frau im gelben Kleid, die aussteigen möchte. Die Menschen in der Bahn: dicht an dicht.

Auch ich stehe auf. Greife im Gedränge blitzschnell nach dem Kalender mit den Klebezetteln. Die Frau hat die Augen immer noch geschlossen. Ich überlasse ihr stattdessen die abgegriffene Mappe mit den Zeitungsartikeln. Drängle aus der Bahn. Vielleicht bringt ihr die Mappe mehr Glück. Hans im Glück, denke ich. Denke an meinen goldenen Ring, den ich zurückgelassen habe. An meinen Ring. An Jonas. An … An Eva, die nicht mehr da ist. Wenn Eva nie da gewesen wäre, müsste ich sie nicht vermissen. Und wenn es Vater nicht gegeben hätte, dann hätte ich mir auch keinen Bruder wünschen müssen. Ich denke an eine Familie. In einer Wohnung. Hinter einem erleuchteten Fenster. Eine Minimalfamilie. Eine Mutter. Eine Tochter. Und draußen die dunkle Nacht.

Auf dem Bahnsteig ziehe ich das Formular, das der Kontrolleur mir gegeben hat, aus der Tasche. Rosa Hess. Ich zerknülle das Formular. Ich liebe das Knistern, mit dem der Zettel mir zuflüstert: adieu. Wenn das glatte Papier Falten schlägt in meiner Hand. Die sich zu einer Faust zusammenballt.

Der Kalender

Als ich in Bochum einsteige, ist die S-Bahn noch leer. Wie mein Kopf. Bis zum Abend werden sich Gedanken und Informationen dort drängen. Doch noch hat der Tag eben erst aufgeschlagene Augen. Draußen Häuser. Dicht an dicht. Ihre Fenster wie Augen. Dahinter: Menschen. Hinter einem der Fenster – vielleicht – meine Mutter.

Schnell ziehe ich den Kalender aus der Tasche. Konzentriere mich auf: Dienstag, in Druckbuchstaben. Darunter, akkurat mit Bleistift: 9 Uhr Teambesprechung, 11 Uhr Erstberatung Frau X, 16 Uhr Abschlussgespräch mit Herrn Soundso. Dazwischen, auf kleinen und großen Klebezetteln: mein alltäglicher Algorithmus. Grün die geduldigen Handlungsanweisungen, gelb die dringlicheren. Pink die ganz eiligen: Achtung! Wichtig!

Manchmal erinnern mich nur gelbe Klebezettel höflich daran, was zu tun ist: Abschlussbericht für Klient Y. Neuen Termin mit Frau Z. Ggf. in der Mittagspause zur Post. Manchmal kleben sie dicht an dicht. Schreien alle durcheinander. Gelb. Grün. Und dieses kreischende Pink.

Ich klappe den Kalender zu. Konzentriere mich auf die Leere im Kopf. Stelle mir vor: der Kalender genauso leer.

Die Bahn füllt sich. Von Station zu Station. Bochum, Essen, Mülheim, Duisburg. Die Knotenpunkte. Dazwischen die Zwischenhalte. Höflich fragt eine Frau im gelben Kleid und mit blondem Pferdeschwanz, ob ich vielleicht meine Tasche … Ich nehme die Tasche vom Sitz, den Blick von der Frau. Um mich her, dicht an dicht, Menschen. Mit Augen wie Fenstern. Durch die man in sie hineinsieht. Ich schließe die Augen. Blende aus. Die Stimmen um mich her werden zum farblosen Rauschen.

Im Büro beginne ich, Termine und Klebezettel abzuarbeiten. Ich liebe es, einen Klebezettel aus dem Kalender zu entfernen. Wenn das glatte Papier Falten schlägt in meiner Hand, die sich zu einer Faust zusammenballt. Ich liebe das Knistern, mit dem der Zettel mir zuflüstert: Geschafft. Antrag Projekt XY – erledigt. Später Frau Z am Telefon. Noch ein Knistern. Der Zettel landet im Papierkorb. Dicht an dicht liegen Gelb und Grün und Pink. Ein oder zwei Hartnäckige lassen sich manchmal bis Feierabend nicht erledigen. Sie werden verschoben. Auf kommende Tage.

Plötzlich schreit ein Klebezettel auf. In Pink: Denk an deine Mutter!

Ich schlucke. Kneife die Augen zu. Atme tief. Öffne die Augen wieder. Auf den zweiten Blick kann ich sehen, was wirklich dort steht: Termin mit Frau Soundso ausmachen.

Dieses Mal bleibt der Gedanke an meine Mutter wie einer der hartnäckigen Klebezettel haften. Auch noch, als ich die Nummer von Frau Soundso wähle, sie sich meldet, ich durch den Kalender blättere, ihr einen weißen Tag vorschlage und den Termin dann akkurat mit Bleistift eintrage. Auch noch, als ich den Klebezettel entferne und in der Faust zerknülle.

Eine Dunkelheit haftet an mir. Schwarz wie die Nacht, durch die meine Mutter zur Frühschicht fuhr. Beim Klingeln meines Weckers war sie immer längst aus dem Haus. Und doch da. Allgegenwärtig. Ich folgte ihrem Algorithmus durch den Tag. Den Klebezetteln: Bluse gebügelt im Flur. Denk an die Zahnklammer. Bring bitte Brot mit nach der Schule. Nicht die alten Turnschuhe. Nimm einen Schirm mit. Mach das Licht aus. Zweimal abschließen. Butterbrot nicht vergessen. Leise im Flur. Hab dich lieb.

Ehe ich das Büro verlasse, schaue ich in den Spiegel. Finde den müden Blick meiner Mutter. Selbst die strengen Uniformen der Bedienungen beim Bahnhofsbäcker erinnern mich an Mutters Kittel. Nur die Farbe ist falsch. Bräunlichgrau statt weiß.

In der S-Bahn versuche ich Mutter auszublenden. Aber ich kann nicht. Ihre Klebezettel duldeten keinen Widerspruch. Ich konnte sie nur erfüllen. Abreißen. Und einen nach dem anderen in der Faust zerknüllen. Wenn meine Mutter abends am Küchentisch saß, ließ auch sie selbst keinen Raum für Widerspruch. Mir reichte ein Blick in ihre Augen. Wie Fenster. In die Leere dahinter. Und ich schluckte die Frage herunter, warum ich nicht die abgewetzten Turnschuhe … Ich warf die Schuhe in den Müll. Die Wohnung war zu klein, als dass zwei Meinungen reibungslos nebeneinandergepasst hätten.

Ich reiße die Augen auf. Verschwindet, Gedanken!

Draußen: Städte. Dicht an dicht. Um mich: Menschen. Sie rücken näher. Die Menschen, die Häuser, die Städte. Rücken ganz dicht an mich heran.

Ein Mädchen im grünen Anorak. Rundliches Gesicht. Sommersprossen. Handy dicht am Ohr. Ihre Primark-Tüte sitzt halb auf meinem Schoß. Ihre Stimme. »Boah, jetzt rede mit mir.« Sagt sie. »Jetzt redet der wieder nicht mit mir.« Sagt sie. Zu irgendwem. »Also«, sagt sie, »ich hab einen Schrank gekauft. Ein Bett. Und ein Regal. Das Regal war im Angebot.«

Ich stelle mir ein Zimmer vor, in dem die Möbel stehen – dicht an dicht. Ich will aufhören hinzuhören. Die Ohren verschließen. Aber wie, wenn das Ohr kein Lid hat, das man zuklappen kann?

Wieder die Frau im gelben Kleid. Jetzt: mir schräg gegenüber. Sie wühlt in ihrer gelben Tasche. Zieht eine Nagelfeile hervor. Beginnt zu feilen. Das Geräusch von Feile auf Nagel schmirgelt mir die Haut von den Knochen. Der Impuls: ihr die Feile aus den Händen reißen, sie ihren scharf gespitzten Fingern entreißen. Zustechen. Die Aorta treffen. Wenn ich nur wüsste, wo genau sie verläuft. Mutter könnte es mir sagen. Mutter mit den akkurat gefeilten Nägeln. Mutter mit dem weißen Kittel und der müden Haube.

Eine junge Frau nimmt gegenüber Platz. Streckt die Füße aus. Bis unter meinen Sitz. Meine Beine wissen nicht, wohin. Diese Nähe. Ich will etwas sagen, aber die Frau hat die Augen geschlossen. Aus ihren Kopfhörern hämmert der Bass. Die Lippen: halb geöffnet, pink geschminkt. Pink wie ihre Turnschuhe. Wie ihr Shirt. Wie mein Handy. Gehört es noch mir, wenn es doch ihre Farbe hat?

Pinke Lippen, würde die hochgezogene Augenbraue meiner Mutter sagen, wie obszön. Knalliger Lippenstift ist für Flittchen, verriet mir einer ihrer Klebezettel im Badezimmer. Meinte er: Schmink dich? Oder: Schmink dich nicht?

Ich versuche, meine Beine rechts von der jungen Frau zu platzieren. Links von ihr. Ich versuche, sie um sie herum zu platzieren. Aber der Raum unter meinem Sitz ist zu klein, als dass zwei Paar Beine dort reibungslos nebeneinanderpassten.

Bitte lass sie in Essen-West aussteigen. Bitte lass sie in Essen Hauptbahnhof. In Essen-Steele.

Versteh mich doch, raunten die müden Augen meiner Mutter, wenn ich etwas anders sah. Ich fühlte mich ein in ihre Haut. Die ich nicht mehr von meiner unterscheiden konnte.

»Das regt mich so auf«, sagt das Mädchen im grünen Anorak. »Dass er für seinen Geburtstag am Samstag nichts plant. Ich hab ihn gefragt. Sein Bruder hat ihn gefragt. Seine Schwester. Ich würd ja was vorbereiten. Aber ich bin so was von fertig.«

Und ich? Will ich schreien. Warum wird sein Geburtstag zu meinem Problem? Mir fallen Geburtstage ein, an denen meine Mutter sich alle Mühe gab. Kuchen, im Dunkel der Nacht gebacken. Klebezettel daneben: Happy Birthday. Und: Wünsch dir was, wenn du die Kerzen ausbläst. Aber da war ja kein Raum für meine Wünsche.

Das Handy der Frau in Pink klingelt. Mit meinem Klingelton. Er ist an sie übergegangen wie der Raum unter meinem Sitz. Sie antwortet in einer fremden, lauten Sprache. Lässt keinen Raum für meine leisen Geräusche. Für das Atmen. Das mir manchmal so schwerfällt.

Langsam und ruhig atmen, rieten Mutters Klebezettel eine Zeit lang. Weil ich als Jugendliche oft hyperventilierte. Vielleicht dachte ich, in der Wohnung nur so die Luft zu bekommen, die mir zustand.

»Ich hab mich wegen dir schon geritzt.« Sagt das Mädchen im grünen Anorak. »Weil ich nicht aushalte, dass ich dir so egal bin.«

Ich fühle, wie ihr Messer über meine Haut schabt. Wie ihr Schmerz in mich hineinkriecht. Wie ihre Einsamkeit mich anfällt. Ich müsste mein Herz verschließen. Aber das Herz hat kein Lid.

»Versteh mich doch«, sagt das Mädchen im grünen Anorak. Versteh mich doch, sagte Mutters müder Blick. Hör mir doch zu. Und ich hörte zu. Bis kein Raum mehr blieb in meinem Kopf.

Ruhig atmen.

Draußen fliegen die Städte vorbei. Ich denke daran, wie sie sich zusammenballen. Ihre Grenzen verschwimmen. Ihre Haut sich ablöst. So wie meine.

Es gibt keine Grenze mehr zwischen mir und der Frau in Pink. Zwischen mir und dem Mädchen mit der Primark-Tüte. Zwischen mir und der Frau im gelben Kleid. Sie strömen auf mich ein. Ihre Worte. Ihre Gedanken. Ihr Schmerz. Wo höre ich auf und fängst du an? Und wenn es keine Grenze gibt zwischen uns, wie kannst du ohne mich aussteigen? Bitte lass sie in Essen-Eiberg aussteigen. Lass sie in Bochum-Wattenscheid. In Bochum-Ehrenfeld.

Bitte lass mich nicht allein, flehten Mutters Zettel. In einer Zeit, in der sie am Nachmittag schon schlief, wenn ich nach Hause kam. In der sie nur schlafen konnte mit kleinen weißen Pillen. Als ich mehr als alles wegwollte aus diesem zu klein geratenen Leben. Aus dem müden Blickfeld meiner Mutter. Ihrem Schnarchen, dem ich nicht ausweichen konnte.

Die Frau in Pink telefoniert weiter in einer fremden Sprache. Nur ein Wort verstehe ich: Mama. Ich kann den Blick nicht von den pinken Lippen wenden, mit denen sie das Wort sagt: Mama. Sie starrt mich an.

Wenn man jemandem einen Blick zuwirft, wem gehört der dann? Dem Werfenden oder dem Fangenden? Wenn doch Blicke an mir abprallen würden. Wie Wasser an mir abgleiten. Wenn ich imprägniert wie eine neue Regenjacke. Wenn ich durch diese wässrigen Blicke gehen. Wenn ich durch sie hindurch. Wenn es doch reichte, einen Regenschirm aufzuspannen.

Draußen die Strommasten, die auch das grünste Grün zerschneiden. Wie die Verbindungen, die zwischen euch und mir entstehen. Wenn ihr eure Geschichten erzählt. Sie in die Handys raunt, säuselt, schreit. Sie setzen mich unter Strom. Wenn ich doch. Wenn ich den Schalter umlegen. Den Strom ausschalten. Gegen den Strom aussteigen. Aber die Menschen in der Bahn: dicht an dicht. Haften an mir. Wie Klebezettel. Wie die Blicke meiner Mutter. Haften an meinen Händen und Füßen. Klebezettel, die raunen und wispern, kreischen und schreien. Denk dran! Hast du schon? Du musst. Du musst! Alle Klebezettel haben das Gesicht meiner Mutter. Ich strecke die Hände aus. Aber ich erreiche sie nicht. Erreiche sie nicht.

Die Bahn erreicht Bochum. »Dürfte ich bitte«, drängelt die Frau im gelben Kleid.

Draußen Gesichter. Dicht an dicht. Kleben an den Scheiben. Auch ich stehe auf. Drängle mit der Masse. Schubse, schiebe, werde angeschimpft. Kann meine Ohren nicht verschließen. »Passen Sie doch auf«, keift das Mädchen im grünen Anorak. »Blöde Kuh.« »Idiotin.« »Irre.« Die Wörter ballen sich in meinem Kopf dicht zusammen. Meint die mich? Nein, ihr Schimpfen muss Mutter gelten. Die da steht, am Treppenabgang. Mit dem müden Blick. Der mich immerzu beäugt und erwartet. Wo warst du? Warum hast du nicht? Warum kannst du nicht?

Ich stürze darauf zu. Strecke die Hände aus. Greife. Will spüren, wie ihr glattes Gesicht in meiner geballten Faust. Ich kann ihren grellen Schmerz fühlen. Nein, nicht ihren Schmerz! Meinen! Jemand reißt von hinten an meinen Haaren. Ich drehe mich um. Pink. Achtung! Wichtig! Woran soll dieses Pink mich erinnern. Woran …

»Lassen Sie meine Mutter!«, kreischen pink geschminkte Lippen.

Jetzt schreit auch meine Mutter. Schreit in einer Sprache, die ich nicht verstehe. Jemand holt aus. Pink wird zu Schwarz.

Ich sitze in einem kargen Raum. Ein Tisch. Zwei Stühle. Die Wände weiß. Wie Kalenderseiten am Abend. Wie mein Kopf am Morgen. Ich will mich hineingleiten lassen in dieses Weiß.

»Warum nannten Sie die Frau auf dem Bahnsteig Mama?«, fragt der Mann mir gegenüber. Keine Uniform, keiner der Beamten von vorhin. Er schaut durchdringend.

Nimm deinen Blick da weg, denke ich. Wende den Kopf ab. Aber meine Ohren kann ich nicht schützen. Handschellen hindern mich.

»Ihre Mutter ist längst tot«, sagt der Mann sanft, aber bestimmt. »Habe ich nicht recht?«

Ich nicke nicht.

Schüttle nicht den Kopf.

Sage keinen Ton.

Ich weiß ja, es stimmt. Meine Mutter ist tot. Ich weiß es. Aber glauben kann ich es nicht.

Obwohl ich sie selbst gefunden habe. Wie schlafend. Mit dem leeren Pillenröhrchen. Daneben ein pinker Klebezettel: Denk an deine Mutter.

S1. Richtung Duisburg

Ich weiß ja, meine Mutter ist tot. Ich weiß ja, Eva ist tot. Ich weiß ja. Bei jeder Geschichte, die ich ohne Eva erfinde, habe ich das Gefühl, Eva umgebracht zu haben.

Ich klappe den Kalender auf. Versuche, mich auf die Zettel zu konzentrieren. Abschlussbericht für Klient Y. Neuen Termin mit Frau Z. Ggf. in der Mittagspause zur Post. Aber zwischen die Zettel schieben sich Worte. Worte, die die junge Frau mir gegenüber in ihr Handy raunt. Ja, Schatz. Nein, Schatz. Wie Fremdkörper. Fremdkörperworte. Fremdworte. Ja, ich wäre auch lieber bei dir. Die Worte lassen sich nicht löschen. Kein: ausradieren. Kein: alles markieren. Rechtsklick. Entfernen. Kein: Steuerung + x. Kein: zerknüllen und knistern und in den Papierkorb werfen. Die Worte bleiben. Wuchern. Geben Rätsel auf. Hat er ihr Vorwürfe gemacht, weil sie dauernd arbeitet, statt bei ihm zu sein? War er bloß traurig, weil er sie vermisst? Oder ist er wütend geworden? Das Zucken unter Vaters Auge. Das Zucken unter Jonas' Auge nach einem anstrengenden Tag. Vaters Schritte im Flur. Vaters Schritte im Flur.

Ich reiße die Augen auf. Verschwindet, Gedanken! Vielleicht ist Schatz gar kein Mann, sondern eine Frau. Oder ein Kind. Eva hätte so gerne Kinder gehabt. Zwei Mädchen und einen Jungen. Der Junge hätte die Mädchen beschützt.

Die junge Frau hat das Telefonat beendet. Aber schon beginnt ihr Handy wieder zu klingeln. Schreit in die Stille hinein. Sie blickt mich an.

Ihr Gesicht sagt: Es tut mir leid.

Ihr Mund sagt: »Papa?«

Ihr Mund sagt: »Nein, hab ich nicht.«

Ihr Mund sagt: »Das ist doch gut.«

Ihr Mund sagt: »Ja, vielleicht.«

Alles, was sie sagt, wird zu Halbheiten. Weil die andere Hälfte fehlt. Wie bei einer halben Familie: Mutter. Und ich.

Ihr Mund sagt: »Hat er auch gesagt.«

Was hat er gesagt?, will ich fragen. Was ist doch gut?, will ich schreien. Jede Geschichte hat zwei Seiten. Halb ist weniger als gar nicht. Das Leben schon Kompromiss genug.

Ich stopfe meinen Kaffeebecher in den überfüllten Müllbehälter am Fenster. Coffee to go. Always on the run. Zusammengekratzt vom letzten Wechselgeld, das ich noch in den Taschen meiner Jacke gefunden habe. Der Müllbehälter zu voll. Schwarz tropft ein Rest Kaffee auf den Boden. Schwarz wie die Nacht, durch die Mutter zur Frühschicht fuhr. Schwarz, wie Pete das Leben sieht.

Ich atme ein. Ganz tief. Und wieder aus. Versuche mich zu konzentrieren. Auf die Klebezettel. Auf meinen Atem. Ich vermisse ihn jetzt schon. Meine Gedanken? Oder ein Satz der jungen Frau?

Ihr Mund sagt: »Bein reimt sich auch darauf.«

Worauf?, will ich fragen.

Ihr Mund sagt: »Und klein, fein, Sein, Schein, Pein, allein …«

»Schwein«, sage ich.

Ihr Gesicht fragend. Und ein bisschen erschrocken.

»Reimt sich auch«, sage ich.

Ihr Mund sagt: »Ich mach jetzt Schluss. Ich ruf nachher an, wenn ich zu Hause bin.«

Ich konzentriere mich wieder auf die Klebezettel im Kalender.

»Tut mir leid«, sagt sie. »Ich hasse es auch, wenn Leute in der Bahn telefonieren.«

Erstaunt blicke ich auf. Ein offenes Gesicht. Nichts zu verbergen. So ein Gesicht hätte ich auch gerne. Ein Neubau. Ohne Risse. Ohne Spuren.

»Schon gut«, sage ich und lächle.

»Mir gefällt Ihre Uniform«, sagt sie. Ich blicke an mir herab. Auf die Bluse in undefinierbarem Grau mit einem Stich ins Braune. Fragend ziehe ich eine Augenbraue hoch.

»Taupe«, sagt sie. »Ist gerade in Mode.«

Ich immer noch fragend.

Sie lacht und sagt: »Die Farbe. Taupe.«

Eva liebte alles Französische. Flair. Paris. Amour. Faible.

Ich nicke. Und dann sage ich: »Eigentlich wollte ich immer nur rote Kleider tragen.«

»Warum tun Sie es nicht einfach?«, fragt sie.

Und ich weiß keine Antwort.

»Ich hatte mal ein rotes Kleid. Bei der Einschulung«, sagt sie. »Oder vielleicht war es blau. Und das Kleid meiner Freundin war rot.« Sie lacht. »Ich weiß es nicht mehr. Ich weiß es wirklich nicht mehr.«

Ich wäre so gerne wie sie.

»Was ist das für ein System mit den Zetteln in Ihrem Kalender?«, fragt sie.

»Es ist nicht mein Kalender«, sage ich. »Ich habe ihn getauscht. Gegen eine Mappe mit Zeitungsartikeln.«

»Wie bei Hans im Glück.« Sie lacht wieder. »Der hat doch seinen Goldklumpen getauscht. Und dann weiter getauscht und immer weiter, bis er glücklich wurde. Geht es Ihnen jetzt besser?«

»Ich weiß nicht«, sage ich wahrheitsgemäß.

»Sie dürfen nicht aufgeben«, sagt sie.

»Sind Sie glücklich?«, frage ich.

»Ich glaube schon«, sagt sie. Aber das Lachen zieht sich ein bisschen zurück. »Vielleicht nicht ganz«, sagt sie. »Es gibt immer wieder Streit mit meinem Freund. Weil wir eine Fernbeziehung führen. Er am Main, ich am Rhein.«

»Vielleicht sollten Sie auch einen Gegenstand tauschen«, schlage ich vor.

Ihr Lachen ist wieder da. »Gegen Ihren Kalender?«

Ich nicke.

Sie kramt in ihrer Tasche. Zieht einen Stadtplan hervor. Sie hält ihn mir hin. »Deal?«

»Deal.«

»Wohin reisen Sie?«, fragt sie.

»Wie es aussieht, nach Duisburg«, sage ich, falte den Stadtplan auseinander und fahre mit dem Finger über den Plan. Die Ruhr entlang und weiter bis zur Mündung in den Rhein. Hier, an diesen Ufern werde ich gehen. Mit Ole, der nicht Jonas ist. Mit Ole, der nie Jonas sein wird.

Der Stadtplan

Das Jahr nach meinem Abi hatte einen seltsamen Farbverlauf. Es hatte leuchtend gelb im Abisommer begonnen, war dann zunächst von Orange in Ocker und schließlich in ein undefinierbares Graubraun übergegangen. In einer Zeitschrift hatte ich irgendwann von der Modefarbe Taupe gelesen. Grau mit einem Stich ins Braune. Ich stellte mir Taupe vor wie die Farbe, in die mein Abijahr mündete. Taupe wird französisch ausgesprochen, was die Sache nicht besser machte. Tooop. Ein dumpfer Klang begleitete die dumpfe Farbe. Ich hatte den Herbst und den Winter vor allem am Schreibtisch verbracht. Nicht, weil ich dort etwas zu tun gehabt hätte, sondern weil ich vorgab, nach einer Zukunftsplanung zu recherchieren, von der ich nicht die leiseste Ahnung hatte, wie sie aussehen könnte. In Wirklichkeit recherchierte ich höchstens den Namen Taupe. Hergeleitet aus dem Wort Maulwurf. Das versöhnte mich etwas. Die meiste Zeit aber starrte ich aus dem Fenster auf die Hauswand gegenüber. Auf den taupefarbenen Verputz. Und versuchte, in den Schlieren, die der Regen mit den Jahren dort hinterlassen hatte, eine Zukunft herauszulesen.

Einmal, als meine Freundin Linda, mit der ich zwölf Jahre zusammen zur Schule gegangen bin, mit am Schreibtisch saß, sagte sie: »Ist doch normal. Viele wissen nach dem Abi erst mal nicht, was sie machen wollen.«

»Aber du schon«, habe ich geantwortet.

Linda hat eine Weile still aus dem Fenster geblickt. Dann ist sie aufgestanden und hat gesagt: »Das kommt daher, dass du immer nur bis zur Wand denken kannst. Wir gehen jetzt in den Stadtpark.«

Im Stadtpark konnte ich bis zum Bach denken und fand so meinen Traumstudiengang. An einer Uni in einer Stadt mit Fluss. Mit mehr als bloß einem Fluss sogar. Die Ruhr fließt durch die Stadt und mündet in den Rhein. Und die Emscher fließt auch durch die Stadt.

»Danke«, sage ich zu Linda. »Gibt es eigentlich irgendetwas, was du nicht kannst?«

Linda nickt und grinst. »Ich kann nicht die Zunge rollen.«

Ich fülle die Formulare für die Uni-Bewerbung sorgfältig aus und kontrolliere die Adresse dreimal. Dann laufe ich in die Stadt, werfe den Brief in den Kasten und bin plötzlich sicher, dass die Postleitzahl doch falsch ist. Ich stecke die Hand, so weit es geht, in den Briefkastenschlitz und versuche, den Brief zu angeln, greife aber nur ins Leere, da sagt jemand hinter mir: »Erwischt.« Ich drehe mich um, die Hand noch im Kasten.

Hinter mir steht Ole, mit dem ich zwölf Jahre in dieselben Schulen gegangen bin, zuerst in die Grundschule, dann aufs Gymnasium.

»Es ist nicht das, wonach es aussieht«, sage ich.

Ole sagt: »Es sieht aus, als hättest du einen feurigen Liebesbrief geschrieben, und in dem Moment, als du ihn in den Kasten geworfen hast, ist dir eingefallen, dass du einen anderen liebst.«

»Der Liebesbrief ist an die Uni Duisburg-Essen«, sage ich. »Aber ich habe die falsche Postleitzahl draufgeschrieben.«

Ole schaut auf den Umschlag, den er selbst in der Hand hat. »Da kann ich dir leider nicht weiterhelfen. Mein Brief ist an die Uni in Frankfurt am Main. Aber das kriegt die Post schon hin mit deiner Postleitzahl.«

»Und machen sie dann rechtzeitig einen Poststempel drauf?«

Das weiß Ole auch nicht. Deshalb setzen wir uns auf die Mauer neben dem Kasten, hocken in der Hitze und warten auf die Leerung.

»Also bist du auch heimlich in eine Uni verliebt«, sage ich.

Ole sagt: »Nein, ich bin heimlich in dich verliebt.«

»Seit wann das?«, frage ich verwundert.

»Seit ich dich bei der Einschulung in deinem roten Kleid auf dem Schulhof gesehen hab.«

»Mein Kleid war blau«, sage ich.

Und Ole sagt: »Egal, seitdem liebe ich dich.«

Ich glaube, dass der heißeste Sommer aller Zeiten uns das Hirn verbrannt hat und durch die Hitze die Welt aus den Fugen gerät. Jedenfalls küsse ich Ole dort auf der Mauer in der Sonne, und als wir eine Pause einlegen, sagt Ole: »Das war ja einfach, hätte ich das mal am ersten Schultag gewusst.«

Dann kommt der Briefträger, um den Kasten zu leeren, und ich bitte ihn, meinen Brief noch einmal kontrollieren zu dürfen. Natürlich steht doch die richtige Postleitzahl drauf.

Zu Hause sagt meine Mutter: »Das hat aber lange gedauert.«

Ich antworte: »Dreizehn Jahre.«

Meine Mutter guckt mich verwirrt an. Ich erzähle von Ole, mit dem ich zwölf Jahre zur Schule gegangen bin und der behauptet, dass er mich liebt, seit er mich das erste Mal auf dem Schulhof gesehen hat.

»Das kann man ihm nicht verdenken«, sagt meine Mutter. »Du sahst einfach zum Verlieben aus in deinem roten Kleid.«

Ich sage: »Es war blau.«

Dann schauen wir im Fotoalbum nach, und das Kleid war doch rot.

Ein paar Wochen später bin ich mir sicher, dass ich Ole auch schon liebe, seit ich ihn bei der Einschulung auf dem Schulhof gesehen habe.

»Das glaube ich nicht«, sagt Linda, die laut Fotos am Einschulungstag ein blaues Kleid trug. »Du hast gesagt, dass er dich die ganze Zeit blöd anglotzt und du hoffst, dass er zu einer anderen Klasse gehört.«

»Geliebt hab ich ihn trotzdem«, sage ich. »Unterbewusst.«

Linda lacht: »Jedenfalls liebst du ihn jetzt. Das ist unverkennbar.«

Die Sonne hat mir das Hirn so sehr verbrannt, dass ich nicht mehr denken kann. Auch nicht am Bach im Stadtpark.

Ich frage Ole, warum er nicht eher gesagt hat, dass er mich liebt, zum Beispiel in einem feurigen Liebesbrief – Willst du mit mir gehen? Ja. Nein. Vielleicht. –, und er sagt, er habe eben auf den richtigen Zeitpunkt gewartet. Der richtige Zeitpunkt sei also der gewesen, als ich mit der Hand im Briefkasten steckte, frage ich, und Ole grinst und sagt, ja, das sei offenbar der richtige Zeitpunkt gewesen.

»Und wenn ich nicht im Briefkasten gesteckt hätte?«, frage ich. Und dann fällt mir die Uni-Bewerbung wieder ein. Ich sage: »Was machen wir, wenn ich in Duisburg angenommen werde und du in Frankfurt?«

»Ich weiß nicht. Das ist dann wohl ein Zeichen des Universums.« Ole guckt traurig und ein bisschen ratlos.

Ich hoffe sehr, dass unsere Postleitzahlen doch falsch waren. Aber weil die Welt immer noch aus den Fugen ist, glaube ich daran, dass das Universum sich schon richtig entscheiden wird.

Ich sage: »Ich krieg den Studienplatz sowieso nicht.«

Und Ole sagt: »Ich auch nicht. Nicht bei den Noten.«

Die Wiesen im Stadtpark sind grün. Die Bäume sind grün. Und am grünsten sind Oles Augen, die ich dauernd anstarren muss. So lange, bis ich sicher bin, dass mein Kleid bei der Einschulung grün gewesen sein muss und wir bloß unter einer kollektiven Rot-Grün-Blindheit leiden.

Dieser ganze Sommer ist grün. Wie die Hoffnung. Nur die Briefe, die von unseren Unis kommen, sind weiß. Weiß und nüchtern teilen sie uns mit, dass wir unsere Studienplätze haben. Ich am Rhein und Ole am Main.

»Dann hat das Universum eben einmal nicht recht«, sage ich und lege meine Hand in die von Ole.

Er nickt und schweigt, und ich traue mich nicht nachzufragen. Schließlich war er es, der das Universum ins Spiel gebracht hat. Vielleicht ist es nicht richtig, dass ich jetzt diejenige bin, die die Regeln des Universums außer Kraft setzen will.

Es wird Herbst. Dieser Herbst ist golden. Der Semesterstart rückt näher. Ich nehme mir vor, eine Liste zu schreiben, auf der dann alles steht, was ich für den Umzug einpacken und erledigen muss. Auf dem Schreibtisch habe ich einen Zettel liegen, der, wenn er alt genug ist, diese Liste werden soll. Der Zettel ist sehr groß, weil ich glaube, dass ich noch sehr vieles erledigen muss.

Am Abend vor dem Tag, an dem er in den Zug zum Main steigt, ruft Ole an und fragt: »Schon gepackt?«

Ich sage: »Nein, aber fast.« Während ich auf das leere Blatt starre, dem nicht mehr viel Zeit bleibt, um wesentlich älter zu werden.

Ole sagt: »Aber zum Glück hast du ja eine Liste. Ich komm gleich vorbei, ja?«

Weil der Zettel immer noch leer ist, schreibe ich »Ole anrufen und sagen, dass ich gut angekommen bin« darauf. Dann falte ich den Plan von der Stadt, in der ich bald wohne, auseinander und fahre mit dem Finger die Straßen entlang. Von meiner neuen Wohnung bis zur Uni. Die Ruhr entlang und weiter bis zur Mündung in den Rhein. Hier, an diesen Ufern, werde ich mit Ole gehen, wenn er mich besucht.

Dann sitzt Ole in meinem Zimmer, und ich schaue vor die Wand und denke daran, dass meine neue Wohnung keinen Ausblick auf eine Wand hat, sondern auf die Ruhr. Und dass gerade alles richtig gut ist.

Ole sagt: »Was soll aus uns werden, wenn wir weg sind?«

Das ist eine komische Frage, weil wir ja gar nichts werden müssen, sondern schon etwas sind.

Ole starrt auf die Wand und sagt: »Ich bin dann weit weg.«

Ich sage: »Die paar Stunden mit dem Zug.«

Er sagt: »Ich glaube aber nicht an Fernbeziehungen.«

Und dann sagt er ziemlich viel ziemlich schnell hintereinander. Dass er glaubt, dass wir uns fremd werden. Dass man sich immer fremd wird, wenn man weit weg voneinander ist. Weil man sich am Telefon nicht einmal mehr über das Wetter unterhalten kann. Weil bei dem einen gerade die Sonne scheint und es beim anderen regnet. Und weil es dann zu Missverständnissen kommt. Wenn der eine zum Beispiel sagt, nimm einen Schirm mit, während der andere sich gerade Sonnencreme aufträgt. Weil der, der gerade Sonnencreme aufträgt, dann denkt, dass der, der rät, einen Schirm mitzunehmen, ihm den freien Nachmittag in der Sonne nicht gönnt. Dass wir uns am Anfang noch viel sehen werden, aber dann immer weniger, weil wir keine Zeit haben werden, jedes Wochenende ein paar Stunden mit dem Zug zu fahren. Dass man dann irgendwann merkt, dass man die besten Jahre seines Lebens am Telefon und im Zug oder mit dem Diskutieren darüber verbracht hat, wie das Wetter denn nun wirklich gerade hier oder da ist.

Ole sagt so viel, dass ich fast sicher bin, dass er eine Liste geschrieben haben muss, voll mit all diesen komischen Gründen. Während er redet, kann ich die ganze Zeit nur an diese Liste denken und daran, dass man auch bei Listen nicht sicher sein kann, ob nicht hinterher die Hälfte fehlt, weil man vergessen hat, die wirklich wichtigen Dinge auf die

Liste zu schreiben, und dass das bedeuten würde, dass man sich erst eine Liste machen muss, auf der steht, was man auf keinen Fall vergessen darf, auf die Liste zu schreiben.

Irgendwann redet Ole nicht mehr, weil er weinen muss. Ein paar Tränen tropfen auf den ausgebreiteten Stadtplan. Jetzt regnet es in der Stadt am Fluss, denke ich. Nimm einen Schirm mit. Und dann begreife ich plötzlich, dass ich die Straßen in der neuen Stadt alleine gehen werde. Deshalb sage ich noch einmal: »Die paar Stunden mit dem Zug.« Weil mir nichts anderes einfällt.

Und Ole sagt noch einmal, dass er nicht an Fernbeziehungen glaubt, und ich sage, dass ich sehr wohl an Fernbeziehungen glaube, nicht an Fernbeziehungen im Allgemeinen, aber an unsere Fernbeziehung im Speziellen. Dass es doch auch als Fürsorge ausgelegt werden kann, wenn der andere bei strahlendem Sonnenschein rät, einen Schirm mitzunehmen, dass es doch auch mal schön ist, sich zu vermissen, dann weiß man wenigstens, was man am anderen hat. Ich bin sicher, dass es ein Argument gibt, das all seine Bedenken wegfegt. Aber ich kann nur bis zur Wand denken. Weiter nicht. Ich habe mir keine Liste gemacht, auf der steht, was ich Ole sagen kann, wenn er sagt, dass er nicht an Fernbeziehungen glaubt.

Irgendwann hört Ole auf zu weinen. Irgendwann steht Ole auf und geht. Ich sage nicht, nimm einen Schirm mit. Ich streiche »Ole anrufen und sagen, dass ich gut angekommen bin« von der Liste.

Am ersten Tag in der neuen Stadt laufe ich durch die Straßen und denke, dass ich mein Leben lang lieber auf eine Wand gucken würde zusammen mit Ole als alleine auf einen Fluss. Es beginnt zu regnen. Aber nicht, weil Ole weint. Es liegt bloß am Wetter. Und weil keiner gesagt hat, dass ich einen Schirm mitnehmen soll, werde ich nass.

Zu Hause wartet meine schöne Aussicht auf mich. Ich setze mich an den Küchentisch und schaue auf den Fluss. In den es hineinregnet. Ich gucke auf das Wasser und sage mir, wenn ein Schiff vorbeifährt, bis ich bis hundert gezählt habe, ist das ein Zeichen des Universums, und ich werde Ole anrufen und sagen, dass ich ihn liebe.

Bei hundert ist kein Schiff vorbeigefahren. Ich greife nach dem Handy und rufe Ole an. Als er sich meldet, sage ich: »Ich liebe dich.«

Und Ole sagt: »Ich komm am Wochenende an den Rhein, Loreley. Ich muss dich ein letztes Mal sehen.«

Seitdem sehen wir uns jedes zweite Wochenende ein letztes Mal. Mal in der Stadt am Main. Mal in der Stadt am Rhein. Ich glaube nicht mehr an Zeichen des Universums, aber ich glaube an meinen Traumstudiengang, und Ole glaubt ein bisschen an Fernbeziehungen. Nicht im Allgemeinen. Aber an unsere im Speziellen. Es ist schwer in einer Stadt wirklich anzukommen, wenn man jedes zweite Wochenende die Taschen packt. Am schwersten sind die Abschiede. Deshalb bleibe ich meistens bis zum Montag am Main. Und auch, weil ich am Montag erst nachmittags ein Seminar habe.

»Ich will nicht, dass du schon wieder fährst«, sagt Ole.

»Ich will auch noch gar nicht wieder fahren«, sage ich in seine Jacke hinein.

»Vielleicht kommt der Zug ja nicht«, sagt Ole.

Ich sage: »Der Zug kommt immer.«

»Immer muss man mit Stellwerksbränden, Streiks und Tagebrüchen rechnen«, sagt Ole. »Nur an Montagen, wenn ich mir wünsche, dass alle Züge einen Maschinenschaden haben, kommen sie pünktlich.«

Ich lache. Mache mich ein wenig aus Oles Umarmung los, schaue ihm fest in die Augen und frage: »Soll ich die Uni wechseln und bleiben?«

Ole schüttelt den Kopf. Ich nicke und bin froh und traurig zugleich über seine Antwort.

Mein Zug fährt ein. Pünktlich. Ohne Maschinenschaden. Während er meinen Koffer die Stufen hochhievt, fragt Ole: »Soll ich mitkommen?«

Ja, will ich sagen. Komm mit, will ich sagen. Ich schüttele den Kopf. Ich möchte nicht, dass er seinen Traumstudiengang für mich aufgibt.

»Grüß den Rhein, Loreley«, sagt Ole und zieht mich noch mal an sich. Ich hänge zwischen Zug und Bahnsteig und küsse Ole, als wäre es das letzte Mal.

»Zurückbleiben, bitte!«, scheppert es aus den Lautsprechern.

»Da hörst du es«, sage ich. »Du musst zurückbleiben.«

In Siegen steige ich aus, um einen Zug Richtung Köln zu nehmen. Der Zug nach Köln entfällt wegen eines Notarzteinsatzes am Gleis. Immerhin, denke ich, hat Ole recht behalten. Kein Stellwerksbrand, Streik oder Tagebruch. Kurz überlege ich, zurück an den Main zu fahren. Aber dann fällt mir ein, dass ich nicht mehr an Zeichen des Universums glaube. Ich nehme den nächstbesten Zug Richtung Ruhrgebiet. In Bochum steige ich aus. Von dort komme ich auf jeden Fall nach Duisburg. Ich denke an den heißesten Sommer aller Zeiten zurück und frage mich, warum Ole und ich uns nicht einfach beide in Bochum beworben haben. Nicht Main oder Rhein. Aber immerhin die Ruhr. Wir hätten jeden Sommer an der Ruhr sitzen und Stadt-Land-Fluss spielen können. R wäre einfach gewesen: Recklinghausen, Russland, Ruhr.

Im Zug Richtung Duisburg klingelt mein Handy. Ich habe vergessen, den Ton auszuschalten, weil ich damit beschäftigt war, zwischen Zug und Bahnsteig zu hängen. Je länger ich das Handy in der Tasche suche, desto mehr bekomme ich das Gefühl, dass alle um mich herum mich böse angucken.

»Hallo«, sage ich schnell, als ich mein Handy endlich gefunden habe.

»Hallo«, sagt mein Vater. »Bist du noch am Main?«

»Nein, auf dem Weg zum Rhein«, flüstere ich.

Und mein Vater sagt: »Über dich und Ole könnte man tragische Balladen schreiben, so gut wie sich eure Flüsse reimen.«

»Bein reimt sich auch darauf«, sage ich, »und klein, fein, Sein, Schein, Pein, allein …«

Dann fahre ich in ein Funkloch, und die Frau mir gegenüber sagt: »Schwein.«

Ich schaue sie irritiert an.

»Reimt sich auch«, sagt sie.

Aber sie guckt, als ginge es ihr nicht bloß um den Reim. Sie trägt eine taupefarbene Uniform. Irgendwie elegant sieht sie darin aus. Ob Ole sich auch in mich verliebt hätte, wenn ich am ersten Schultag ein taupefarbenes Kleid getragen hätte, frage ich mich. Vielleicht hätte er sich dann in Linda mit ihrem blauen Kleid verliebt. Vielleicht hätte ich dann in Düsseldorf studiert. Und hätte im Studium Jonas kennengelernt. The grass is always greener on the other side.

»Tut mir leid«, sage ich zu der Frau. »Ich hasse es auch, wenn Leute in der Bahn telefonieren.«

Duisburg Hauptbahnhof. Irgendein Gleis

Wenn ich immer nur rote Kleider getragen hätte. Wenn ich einen Ole gehabt hätte, der vom ersten Schultag an unsterblich in mich verliebt gewesen wäre. Wenn ein Zug einfährt, bis ich bis hundert gezählt habe. Wenn ein Zug einfährt, bis ich bis hundert gezählt habe, steige ich ein und beginne mein Leben.

Ich schließe die Augen.

Eins …

… bei zwei kommt die Angst angeflattert …

Langsam und ruhig atmen. Langsam und …

… drei … vier …

bei fünf kriecht sie mir in Arme und Beine …

Langsam und ruhig …

… sechs … sieben … acht …

bei neun macht sie sich im ganzen Körper breit …

Langsam und ruhig! Langsam und ruhig!

… zehn … elf … bei zwölf fährt ein Zug ein. Die Türen öffnen sich. Menschen steigen aus. Menschen steigen ein. Die Angst hat meine Beine und Füße so schwer gemacht, dass ich mich nicht vom Fleck bewegen kann. Ich verharre in diesem Moment meines Lebens. Die Türen schließen sich. Ich werde keine roten Kleider tragen. Rot ist etwas für Flittchen, sagte die hochgezogene Braue meiner Mutter. Ich werde nicht zu Hause sein in einer Stadt am Rhein. Ich werde nicht zu Hause sein. Ich werde keinen Traumjob suchen und keinen Traumstudiengang. Ich werde keinen Ole haben, weil man einen Jonas nicht einfach gegen einen Ole tauschen kann. Weil man ein Leben nicht einfach gegen ein anderes tauschen kann. Ich werde eine Frau bleiben, die taupefarbene Uniformen trägt. Eva hat sich geirrt, als sie gesagt hat, ich könnte alles sein. Eva hat sich geirrt.

Ich werde keine roten Kleider tragen. Dieses schreiende Rot. Dieses schreiende Rot des Zuges, der jetzt einfährt. Das Kreischen der Bremsen. Es kriecht mir unter die Haut. Wie ein Schmerz.

Langsam und ruhig atmen, rieten Mutters Klebezettel eine Zeit lang. Weil ich als Jugendliche oft hyperventilierte. Hab keine Angst, hat Eva gesagt. No need to run and hide, hat Eva gesungen. Aber was, wenn sie sich auch damit geirrt hat? Was, wenn es allen Grund gibt, Angst zu haben? Eva kriecht in den Schrank und ich hinterher. Wir spielen ein Spiel, sagt Eva. Wer es länger schafft, keinen Mucks von sich zu geben, hat gewonnen. Vaters Schritte im Flur. Die Schwärze im Schrank. Langsam und ruhig atmen. Morgens wache ich mit eingeschlafenen Beinen auf. Dicht an dicht mit Eva. Guten Morgen, flüstere ich. Gewonnen, sagt Eva.

Zurückbleiben, bitte. Auch dieser Zug fährt ohne mich. Weil die Angst mich so schwer gemacht hat. Ich werde nicht mehr fortkommen von diesem Bahnhof. Ich werde nie wieder fortkommen aus diesem Bahnhof. Ich werde nie wieder fortkommen aus dieser Stadt mit den Flüssen. Eva und ich haben früher oft Stadt-Land-Fluss gespielt. Aber weil ich alle Städte, Länder und Flüsse nur von Eva kannte, hatten wir immer die gleiche Punktzahl. Wenn wir einen Bruder hätten, habe ich zu Eva gesagt, und Eva hat gelacht. Eva hat sich geirrt. So sehr ich auch die Augen zusammenkneife, werde ich nie eine andere sein.

Eva hatte nie Angst. Ich hatte immer Angst. Seit ich denken kann. Ich hatte Angst, allein in den Keller zu gehen. Ich hatte Angst, dass Eva nicht mehr da sein könnte, wenn ich die Augen schloss. Ich hatte Angst. Das Telefon des Mädchens, das neben mir am Gleis steht, schrillt los. Ich zucke zusammen vor Schreck.

»Nein«, sagt das Mädchen ins Handy. »Wieder eine Absage.« Und: »Ich fahre jetzt zurück nach Oberhausen.« Dann schweigt ihr Mund. Und ihre Augen sind stumm. Vielleicht lauscht sie auf etwas, was die Person, die angerufen hat, sagt. Vielleicht ihre Schwester? Ihre Schwester, die sagt: Hab keine Angst.

»Bei der nächsten Absage springe ich vor einen Zug«, sagt der Mund des Mädchens. Ihre Augen bleiben stumm. »Oder vom Gasometer.« Ob das Mädchen wohl manchmal davon träumt zu fliegen? Sich über Oberhausen zu erheben und einfach auf und davon? Ob das Mädchen manchmal träumt? Vom Gasometer springen, die Arme ausbreiten wie Schwingen. Auf und davon. Geht nicht, will ich sagen, wegen der Gitter, will ich sagen. Die Gitter, die sie oben auf dem Gasometer angebracht haben, weil zu viele von dort oben runtergesprungen sind.

Ich denke an Petes schöne Dachterrasse. Das Mädchen wird nie in Gefahr sein, sich von ihrer Dachterrasse zu stürzen. Weil sie Absagen bekommt und sich keine Wohnung mit Dachterrasse leisten kann.

»Ich ruf später wieder an«, sagt das Mädchen.

Vielleicht, wenn wir zu dritt gewesen wären. Mutter, Eva, ich. Vielleicht wäre dann alles gut gewesen.

Als die S2 einfährt und das Mädchen einsteigt, folge ich ihr. Die Städte dicht an dicht. Nur wenige Minuten bis zum Oberhausener Hauptbahnhof.

Das Mädchen steigt aus. Ich folge ihr bis zum Busbahnhof. Folge ihr bis in einen Bus. Stehe hinter ihr, während sie nach ihrem Portemonnaie sucht. Es ist schwer, in einer Tasche zu wühlen, wenn die Hände herumflattern wie kleine aufgeregte Vögel.

»Ich hab nicht ewig Zeit«, knurrt der Busfahrer. Die Hände des Mädchens flattern erschrocken auf. Ein Sammelsurium fällt aus der Tasche. Broschüren, Flyer, Notizzettel. Die Hände flattern los, um das Chaos zusammenzuraffen.

»Ich mach das schon«, sage ich.

»Danke«, flüstert der Mund des Mädchens. Die Augen schweigen. Während sie Kleingeld zusammenkramt, sammle ich ihre Sachen auf. Eine Broschüre stecke ich ein. Mische als Tausch den Stadtplan von einem Ort, der kein Zuhause ist, zwischen die Sachen. »Danke«, flüstert das Mädchen noch einmal, als ich ihr die Sachen reiche. Erst jetzt sehe ich, dass sie angefangen hat zu weinen. Sie wendet sich ab. Ich will die Hand nach ihr ausstrecken. »Fahrkarte«, blafft der Fahrer. Er hat müde Augen und Bartstoppeln. Schaut mich aus blauen Augen kühl an.

Meine Schultern heben und senken sich. »Ich hab kein Geld.«

»Kein Geld, kein Transport«, sagt der Fahrer.

Ich steige aus. ›Oberhausen – Neue Mitte‹ steht auf dem Display des Busses. Vielleicht findet sie dort, was sie sucht.

Ich ziehe die Broschüre hervor. Autogenes Training. Kurse für Anfänger. Kurse für Fortgeschrittene. For Runaways, denke ich. No need to run and hide, singt es in meinem Kopf. It's a wonderful, wonderful life. Eva hat das Radio immer ganz laut aufgedreht und mitgesungen. Look at me standing. Here on my own again. Hab keine Angst, hat Eva gesagt. Aber wie verliert man eine Angst?

Die Broschüre

Ich mache jetzt autogenes Training. Weil das gegen die Angst hilft, hat meine Schwester Eva gesagt.

Ich hab immer schon Angst. Seit ich denken kann.

Im Kindergarten hatte ich Angst, dass Mutter über der Arbeit vergessen könnte, dass es mich gab, und mich nicht mehr abholen würde. Jedes Mal, wenn die anderen Kinder und ich unsere Schuhe und Jacken anziehen sollten, kroch die Angst in meinen Körper. Sie fand den Weg durch meinen Nabel, machte sich in meinem Bauch breit, fraß sich dann langsam vorwärts bis in die Hände und Füße, so dass ich die Bänder an meinen Schuhen nicht binden konnte.

Die Kindergärtnerin seufzte und beugte sich über meine Füße. »Du kannst doch die Schleife schon«, sagte sie, und ich konnte ihr nicht erklären, dass meine Hände einfach nicht auf mich hörten, sondern herumflatterten wie kleine unruhige Vögel.

Dann stand ich am Tor mit meiner roten Tasche. Alle anderen Kinder waren schon abgeholt worden. Die Kindergärtnerin legte mir die Hand auf den Kopf und sagte fröhlich: »Gleich kommt deine Mutter bestimmt.«

Irgendwann kam dann tatsächlich meine Mutter von der Frühschicht gehetzt, immer mit wehenden Haaren, den weißen Kittel noch an. Wenn sie meinen Blick sah, sagte sie: »Jetzt guck nicht so, mein Schatz, ich bin doch nur fünf Minuten zu spät.«

Und ich konnte ihr nicht erklären, dass fünf Minuten lang sind, wenn sie wie aufgeregte kleine Vögel herumflattern.

Als ich dann wie Eva in die Schule ging, konnten wir zusammen nach Hause laufen, und ich musste keine Angst mehr haben, dass Mutter mich vergaß.

Dafür hatte ich jetzt Angst vor dem Schwimmunterricht. Ich stand im Nichtschwimmerbecken und klammerte mich an den Rand. »Dir kann gar nichts passieren«, sagte mein Schwimmlehrer.

Ich sollte mich auf seine Hände legen und Schwimmbewegungen machen. Also machte ich Schwimmbewegungen. »Das Wasser trägt dich genau wie meine Hände«, sagte der Schwimmlehrer. »Du darfst nur nicht aufhören, die Bewegungen zu machen.«

Er sagte: »Ich zähl jetzt bis fünf, dann lass ich los.« Bei eins kam die Angst angeschwommen, bei zwei schlüpfte sie durch meinen Bauchnabel, bei drei machte sie sich langsam breit, bei vier fraß sie sich in meine Arme und Beine, bei fünf zog der Lehrer seine Hände weg, ich hörte auf mit den Schwimmbewegungen, und das Wasser trug mich nicht. Denn die Angst hatte mich schwer gemacht. Ich schluckte Wasser, der Schwimmlehrer packte mich und setzte mich auf den Beckenrand.

Während ich hustend dasaß, sagte der Schwimmlehrer: »Was machen wir nur mit dir?« Ich konnte ihm nicht erklären, dass man nicht schwimmen kann, wenn man so viel wiegt wie ein Felsbrocken.

Irgendwann brachte mir Eva dann im Sommer an der Sechs-Seen-Platte schwimmen bei. Nach den Ferien sagte der Schwimmlehrer: »Wie hast du denn das hingekriegt?« Ich zuckte nur mit den Achseln.

Später hatte ich Angst vor der Nacht, Angst vor Hunden und Angst vor Arbeiten in der Schule. Und nachdem unsere Oma gestorben war, natürlich starb Oma, hatte ich Angst vor dem Tod. Ich hatte Angst, die einen herumflattern macht, und Angst, die wie ein Stein im Bauch liegt.

Aber am schlimmsten ist die Angst geworden, seit Woche für Woche Absagen auf meine Bewerbungen in den Briefkasten flattern und die Angst Farbe bekennt: nüchtern weiß.

Bei der ersten Absage ging es noch. »Nimm das nicht persönlich«, sagte Eva am Telefon. Und: »Du bist ja nicht die Einzige, die Absagen bekommt.« Ich sagte: »Du hast recht. Das wird schon.«

Bei der zweiten Absage ging es auch noch. Eva rief an und sagte: »Das sind Idioten, wenn sie dich nicht zu einem Gespräch einladen.« Ich sagte: »Du hast recht. Das wird schon.«

Bei der dritten Absage gingen Eva die Antworten aus. »Das wird schon«, sagte sie. Und weil das eigentlich mein Satz gewesen war, sagte ich stattdessen: »Andere kriegen schließlich auch Absagen.«

Abends dann lag ich im Bett und dachte an andere, die schließlich auch Absagen bekommen hatten. An all die Sendungen, die ich im Fernsehen gesehen hatte. Von jungen Menschen aus Gelsenkirchen und Bottrop, die wegen des Strukturwandels in der Region hundert Absagen bekommen hatten und sich am Ende vor einen Zug warfen oder von einem Hochhaus stürzten, weil sie fanden, der einzige Ausweg aus dieser Misere sei der Komplettausstieg aus dem Leben. Über mir drehte sich das Mobile mit den Papierfaltern, und mir wurde ganz schwindelig davon. Ich träumte abzuheben. Meine Flügel zu bewegen und loszufliegen. Mich bis weit hinaus über das Ruhrgebiet zu erheben. Und dann abzustürzen. Ich wachte auf und traute mich nicht mehr einzuschlafen.

Ich lag im Bett und dachte an die Misere, in der ich selbst leben würde, wenn meine hundertste Absage käme, und obwohl ich auf dem Bauch lag, fand die Angst den Weg durch meinen Nabel und machte sich im ganzen Körper schwer. So schwer, dass ich überlegte, ob ich vielleicht durch den Lattenrost krachen würde, durch den Fußboden und irgendwo im Keller landen. Der Keller war dunkel und roch muffig, und es gab dort viele Spinnen. Deshalb war ich nur ein paar Mal dort gewesen, wenn es Probleme mit der Heizung gab.

Ich fragte mich, wie es wohl wäre, in einer Misere zu leben, und stellte es mir ähnlich wie im Keller vor. Nur ohne den Heizkessel.

Nach der vierten Absage weinte ich am Telefon. Eva sagte: »Das wird schon.« Ich sagte, dass rein gar nichts werden würde. Eva versuchte zu trösten: »Gib nicht auf. Ich weiß, dass du es schaffst.«

Jede Nacht kommt jetzt die Angst. Ich liege auf dem Bauch, kann mich nicht bewegen und stelle mir vor, wie ich durch den Lattenrost in die Misere krache.

Bei der neunundneunzigsten Absage kommt Eva vorbei, weil ich nicht ans Telefon gehe. Sie sitzt auf meinem Bettrand und hält mir die Hand, ganz fest, damit ich nicht durchkrache.

Ich sage ihr, dass ich bei der hundertsten Absage einen Ausweg suchen werde. Und zwar kleine weiße Pillen, damit die Angst vor schnellen Zügen oder hohen Häusern mich nicht von meinem Plan abbringt.

Eva guckt sehr erschrocken: »Vielleicht schreibst du besser erst mal keine Bewerbung mehr. Jedenfalls nicht, ehe du die Angst vor der magischen Hundert verloren hast.«

Ich frage: »Wie verliert man eine Angst?«

Eva sagt: »Autogenes Training hilft.«

Ich melde mich zu einem Kurs an und kaufe mir eine Isomatte. Dann sitze ich auf einer Bank vor dem Raum, in dem ich gleich meine Angst verlieren werde, und warte auf mein erstes autogenes Training. Eine Frau setzt sich neben mich. Sie hat auch eine Isomatte dabei und sagt: »Du bist neu, oder? Ich hab dich hier noch nie gesehen.«

»Ja«, sage ich, »ich bin neu.«

Die Frau reicht mir die Hand und sagt: »Ich bin Ute.«

»Warum machst du autogenes Training?«, frage ich Ute.

»Um meine Mitte zu finden«, sagt Ute. Sie erklärt, dass sie die ganz verloren hat vor lauter Stress und Arbeit. Und dass der Kurs, den wir machen, gar nicht nur das klassische autogene Training umfasst, sondern ergänzt wird um Fantasie-Reisen. Während sie spricht, wippt ihr streng gebundener blonder Pferdeschwanz hin und her.

Ich sage Ute, dass ich sehr genau weiß, wo meine Mitte ist, nämlich da, wo die Angst immer reinkriecht, um sich bis in meine Arme und Beine zu fressen. Und dass ich das autogene Training mache, weil meine Schwester glaubt, dass es gegen die Angst hilft.

»Wovor hast du denn Angst?«, fragt Ute interessiert und nimmt einen Schluck aus ihrer Wasserflasche. Medium.

Ich sage: »Vor der Misere, weil ich nämlich keinen Job finde, sondern immer nur Absagen kriege.«

Und weil Ute, die über all der Arbeit ihre Mitte verloren hat, mich anguckt, als könnte sie nicht glauben, dass es Menschen gibt, die keine Arbeit finden, sage ich schnell: »Wenn du willst, tauschen wir. Dann muss ich nicht in die Misere, und du kannst deine Mitte finden.«

Ute guckt betreten und findet anscheinend, dass ihre fehlende Mitte gar nicht mehr so schlimm ist.

Wir breiten alle unsere Matten aus, und der Trainer macht Musik an. Er heißt Ole und hat grüne Augen. Er sitzt auf seiner Matte und lässt die Blicke durch den Raum schweifen, dann richtet er die sehr grünen Augen auf mich und sagt: »Du bist neu, oder?«

Ich nicke. Und weil ich nicht will, dass Ole mich mit seinen grünen Augen so anschaut wie Ute eben, sage ich von meiner Angst lieber nichts.

Ole lächelt mich an und sagt: »Ich beginne jetzt einfach. Wenn du Probleme hast, mach dich bemerkbar. Aber bei autogenem Training kann man eigentlich nichts falsch machen.«

Ich bin froh, dass ich eigentlich nichts falsch machen kann. Wir legen uns alle auf die Matten, machen die Augen zu und atmen ruhig.

Ole fängt ganz langsam an zu reden. Er sagt, dass unsere Arme und Beine immer schwerer werden und dass wir immer tiefer sinken in unsere Matten. Meine Arme und Beine werden schwer, und ich stelle mir vor, wie ich durch den Boden krache und ab in die Misere. Ich schreie.

Ute ohne Mitte dreht sich entsetzt zu mir um. Oles grüne Augen werden ganz besorgt: »Was ist denn los?«

Ich erkläre, dass ich glaube, durch den Boden zu krachen, wenn ich so schwer werde. Weil Ute immer noch entsetzt zu mir guckt, sage ich nichts von der Misere.

Ole fragt, ob es geht, wenn er meine Hand hält.

»Das könnte klappen«, sage ich.

Also setzt sich Ole neben mich und hält meine Hand, und ich krache nicht in die Misere, während meine Arme und Beine immer schwerer werden.

»Du stehst auf einer weiten grünen Wiese«, sagt Ole, »du läufst über diese Wiese und freust dich über die bunten Blumen. Jetzt kommst du an ein Tor. Du nimmst einen Schlüssel aus deiner Tasche, mit dem kannst du das Tor aufschließen. Auf der anderen Seite wartet dein Begleiter durch die Seele auf dich.«

Ich kann den Schlüssel in meiner roten Tasche nicht finden. Meine Hände beginnen, wie kleine aufgeregte Vögel zu flattern.

»Ich kann nicht«, sage ich.

Ute ohne Mitte schnaubt. Ole fragt, warum ich nicht kann. Ich erkläre, dass mein Begleiter mich bestimmt vergessen hat über der Arbeit und alle schon weg sein werden, wenn ich noch am Tor stehe.

Ole sagt: »Gut, dann bin ich jetzt dein Begleiter durch die Seele. Meinst du, das klappt?«

»Das könnte gehen«, sage ich.

Ole wartet geduldig hinter dem Tor, während ich in der Tasche nach meinem Schlüssel suche und endlich aufschließen kann.

»Hinter dem Tor ist ein Wald«, sagt Ole, »dein Begleiter nimmt dich an die Hand und führt dich durch den Wald an einen See. Du schwimmst durch den See und spülst alles Schlechte aus deiner Vergangenheit darin ab.«

Bei fünf vergesse ich, Schwimmbewegungen zu machen. Ich werde ganz schwer und schlucke Wasser und Vergangenes. Ich lasse Oles Hand los und sage: »Das geht so nicht. Können wir den See nicht einfach überspringen?«

Ute ohne Mitte sagt, dass sie auch findet, dass das so nicht geht, weil sie nämlich gutes Geld für den Kurs bezahlt und gefälligst ihre Mitte finden muss, ehe sie ihre Tochter von der Tagesmutter abholt.

Ich sage: »Das wird nichts.« Stehe auf, rolle meine Isomatte zusammen und gehe.

Ich treffe mich mit Eva in der Bahnhofsbäckerei, und sie fragt, wie das autogene Training war.

Ich rühre in meinem Kaffee und sage: »Das war nichts für mich.«

»Schade«, sagt Eva.

Dann erzähle ich ihr von Ute, und dass die bestimmt über der Suche nach ihrer Mitte ihre Tochter vergisst abzuholen und mit wehenden Haaren zu spät zur Tagesmutter kommen wird.

»Ute, die olle Pute«, sagt Eva, und wir müssen so sehr lachen, dass die Bedienung im graubraunen Kostüm neugierig zu uns herüberschaut.

»Ich schreib jetzt die Hundertste«, sage ich.

»Hast du denn keine Angst?«, fragt Eva.

»Ich habe immer Angst«, sage ich. Und erkläre ihr, dass es doch eigentlich egal ist, ob ich neunundneunzig oder hundert Absagen kriege.

»Da hast du recht«, sagt Eva. »Aber willst du nicht lieber bei mir wohnen für eine Zeit?«

»Ja«, sage ich. Denn Eva hat keinen Keller.

Oberhausen Hauptbahnhof

Wenn wir nur zu dritt gewesen wären, eine Mutter und zwei Kinder, vielleicht hätte ich dann Mutters Traurigkeit geerbt. Vielleicht hätte ich mich hoch über das Ruhrgebiet erhoben und wäre abgestürzt in die Misere, weil die Angst mich so schwer gemacht hätte.

Willst du nicht lieber bei mir wohnen für eine Zeit?, hat Eva gefragt, nachdem sie von zu Hause ausgezogen war, und ich begonnen hatte, fast täglich zu hyperventilieren.

Ich denke mir eine Familie aus. Zwei Mädchen. Mehr hätten Eva und ich vielleicht nicht gebraucht. Vielleicht wenn wir nur zwei gewesen wären, nur Eva und ich. Nicht einmal eine Oma hätten wir dann gebraucht. Nicht einmal einen Bruder. Nicht einmal einen Hund. Aber dann fällt mir wieder ein, dass es mit dem Zuzweitsein auch nicht geklappt hat, weil doch Jonas dazwischenkam. Weil immer irgendwer dazwischenkommt. Vater mit dem Zucken unter dem Auge. Mutter mit der müden Haube.

Und mir fällt ein, dass zu zweit auch deshalb nichts bringt, weil einer von beiden dann irgendwann weggeht oder stirbt und der andere allein zurückbleibt. Bleib, will ich zu Eva sagen, aber sie ist ja längst nicht mehr da.

Ich stehe am Bahnhof in Oberhausen und weiß nicht, wohin. Weiß nicht, wohin ohne Eva. Wenn doch wer käme und mich mitnähme, kommt es mir in den Kopf. Ein Reim aus einem Kinderbuch. Eva hat viel gelesen. Eva hat mir oft vorgelesen. Aber das war früher. Viel früher. Als wir Kinder waren. Als ich noch dachte, es wird immer so bleiben. Eva und ich. Mutter und Vater. Alle vier in einem Haus. Als ich noch nicht wusste, dass sich etwas ändern kann. Dass Eva eines Tages ausziehen würde. Dass Mutter eines Tages zu viele von ihren weißen Pillen nehmen würde.

Um mich her die Menschen. Dicht an dicht. Mit einem Mal kann ich nicht mehr atmen. Ich muss hier weg. Ich muss weg. Aber wohin.

Ich starre auf den Abfahrtsmonitor. In wenigen Minuten fährt die NordWestBahn nach Bottrop ab. Vielleicht ein Zeichen, denke ich. Vielleicht schickt das Universum ein Zeichen. Ich laufe zum Bahnsteig.

Eva war ausgezogen, und ich war ihr gefolgt. Ich lag bei Eva im Bett im Dunkeln, und als die Angst angekrochen kam, war Eva da, um sie zu verscheuchen.

Ich bin ja bei dir, sagte Eva.

Aber du wirst nicht immer bei mir sein, beharrte ich.

Wenn wir doch einen Bruder hätten, sagte ich wieder zu Eva. Und wenn schon keinen Bruder, dann wenigstens eine Oma. Oder einen Opa. Oder wenn wir doch zumindest einen Hund …

Schsch …, machte Eva, und ich zwang mich, ganz ruhig zu atmen.

Nicht weinen, sagte Eva, dabei hatte ich gar nicht gemerkt, dass ich angefangen hatte zu weinen.

Eva hielt meine Hand, und ich schniefte. Wenn wir mehr gewesen wären als bloß vier, vielleicht wäre dann alles anders …

Aber wir haben doch einen Opa, sagte Eva. Weißt du nicht? Er wohnt in einem Haus in Bottrop. Abends kommt er von der Zeche nach Hause. Mit schwarzen Ringen um die Augen und schwarzen Monden unter den Fingernägeln. Oma hat sein Lieblingsessen gekocht. Buchstabensuppe. Unsere Enkelinnen müssen uns bald mal wieder besuchen, sagt Opa, weil er weiß, wie sehr auch wir Buchstabensuppe lieben. Und Oma lächelt und nickt.

Mein Atem wurde wieder ruhig. Ich schloss die Augen und stellte mir das Haus vor, die Suppe, die dunklen Ringe und die Monde. Und der Hund?, fragte ich.

Und der Hund liegt Opa zu Füßen, und wenn er könnte, würde er schnurren, erzählte Eva. Stattdessen wedelt er nur mit dem Schwanz, aber keiner sieht es.

Und der Bruder?, fragte ich schläfrig. Aber ich bekam Evas Antwort nicht mehr mit, weil ich schon eingeschlafen war.

Der Zug fährt ein. Die Türen öffnen sich. Menschen steigen aus. Menschen steigen ein. Ich gehe mit im Gedränge. Lasse mich in eine freie Ecke schieben. Neben mir eine Frau mit einem Coffee to go, einer sperrigen Tasche über der Schulter, einer Tüte in der Hand.

Wo soll ich nur hin ohne dich?, habe ich Eva einmal gefragt. Sie hat gesagt: Ich bin doch da. Ich werde immer da sein. Eva hat gelogen! Sie ist nicht immer hier! Sie hat gelogen und mich allein gelassen. Sie hat gelogen, als sie sagte, ich könnte sein, wer immer ich sein will. Sie hat immer nur Geschichten erzählt. Geschichten, die sie gelesen oder sich ausgedacht hatte. Es gab keinen Opa, keine Oma, keinen Hund. Es gab Mutter, Vater, Eva und mich. Und die Dunkelheit. Und Vaters Schritte im Flur. Mit einem Mal ist ein Zorn in mir. Wie konnte sie nur. Wie konnte sie? Selbst wenn ich die perfekte Geschichte finden würde, könnte ich damit meine eigene doch nicht überschreiben.

Das Handy der Frau mit der sperrigen Tasche klingelt.

Ihr Gesicht sagt: Ich kann nicht mehr.

Ihre Hände wissen nicht, was sie tun sollen. Den Coffee to go in die Hand mit der Tüte? Die Tüte in die Hand mit dem Coffee to go? Und wo steckt das Handy? Die sperrige Tasche kommt ins Rutschen. Bleibt hängen in der Armbeuge der Frau. Der Ruck erzeugt ein Seebeben im Coffee to go. Der Ruck erzeugt eine Tsunami-Welle. Der Coffee to go spritzt aus dem Becher. Auf meine taupefarbene Uniform. Auf den Boden.

»Scheiße«, sagt der Mund der Frau.

Nicht das auch noch, sagt ihr Gesicht.

»Wortwahl«, sage ich.

Sie blickt mich irritiert an.

Ich versuche ein Lächeln, das sich fremd anfühlt in meinem Gesicht. Aber es verfehlt seine Wirkung nicht. Es landet im Gesicht der Frau. Dort mündet es in ein Lachen.

»Danke«, sagt die Frau schließlich, nachdem ihr Lachen abgeebbt ist. »Sie haben meinen Tag gerettet.«

Sie schmeißt den Kaffeebecher in den Müll. Stellt die Tüte zwischen den Füßen ab. Kramt. Reicht mir eine Visitenkarte. »Bitte lassen Sie mich wissen, wie teuer die Reinigung war. Oder ob ich Ihnen die Uniform ersetzen soll. Ich überweise Ihnen das Geld.«

Ich blicke auf die Visitenkarte. »Düsseldorf?«

Ich sehe einen Schmerz in ihrem Gesicht. »Keine Stelle gefunden im Ruhrgebiet«, erklärt sie. Kein Zuhause in der Stadt am Rhein.

Wieder klingelt das Handy der Frau. Dieses Mal finden die Hände, was sie suchen … »Ja, ich bin jetzt gleich bei Opa und Oma. … Nein, ich komme rechtzeitig … Ich hab den Termin mit dem Makler nicht vergessen … Ja …. Mach ich … Ich dich auch.«

Ihre Worte fließen und münden in das Handy. Der Coffee to go läuft über den Boden und sammelt sich um die Tüte der Frau, mündet in einen Kaffeesee. In der Tüte befindet sich jetzt die Broschüre für autogenes Training. Das weiß die Frau noch nicht. Sie steigt in Bottrop aus. Und während sie aussteigt, denke ich: eine Familie in Bottrop. Ein Opa und eine Oma. Und drei Enkel …

Die Visitenkarte

Als Kind war ich im Sommer immer mit meinen Geschwistern an der Ruhr.

Wenn Jonas mich so etwas sagen hört, unterbricht er mich und lacht: »Immer ist wohl übertrieben.«

Natürlich hat Jonas recht, weil ich ja auch zur Schule musste und in den Urlaub gefahren bin und bei Regen bestimmt nicht draußen saß. Aber Kindheit kennt eben nur immer und nie. Kein manchmal. Kein häufig. Ich habe aufgegeben, Jonas erklären zu wollen, dass Kindheit nicht vernünftig ist.

Deshalb sage ich, wenn Jonas so etwas sagt: »Hast recht. Wann immer Zeit und Wetter es zuließen, waren meine Geschwister und ich an der Ruhr.« Jonas merkt nicht, dass ich gut versteckt das immer im Satz gelassen habe.

Als Kind habe ich also, wann immer Zeit und Wetter es zuließen, mit meinen Geschwistern an der Ruhr gesessen und Stadt-Land-Fluss gespielt.

R war einfach. Recklinghausen, Russland, Ruhr. Pete versuchte, mehr Punkte zu bekommen: Recklinghausen, Ruhrgebiet, Ruhr. »Ruhrgebiet ist doch kein Land«, würde Jonas sagen. Als ob ich das nicht auch gewusst hätte. Aber Pete war das kleinste und jüngste von uns drei Geschwistern, und deshalb war für ihn das Ruhrgebiet proportional gesehen sehr groß und zählte folglich als Land. Für Ruhrgebiet bekam er also die volle Punktzahl.

E war schwierig. Essen, England, und dann fiel uns kein Fluss mit E ein. »Elbe.« Würde Jonas jetzt sagen. Ich weiß, dass er das als Kind schon gesagt hätte, weil seine Großeltern mütterlicherseits in Hamburg leben. Aber meine Geschwister und ich kannten früher die Elbe nicht. Irgendwann lernte Eva in der Schule die Ems kennen. Also ging

E bei ihr nun so: Essen, Emsland, Ems. Für Emsland, das logischerweise ein Land sein musste, weil es so hieß, bekam sie die volle Punktzahl. Eva war die Älteste von uns und hatte einfach mehr Ahnung als Pete und ich. Ich hätte gern mal gegen sie gewonnen, aber es war unmöglich, mehr zu wissen als sie. Erst recht fiel mir kein anderer Fluss mit E mehr ein.

»Aber deine Großeltern haben doch auch einen Fluss mit E in ihrer Stadt.« Würde Jonas jetzt einwerfen. Und heute weiß ich ja auch, welchen Fluss er meint. Eva, Pete und mir wäre früher nie die Emscher eingefallen bei E. Klar, kannten wir sie. Doch die Emscher war ein Unfluss, ein Abfluss, irgendwas. Bloß kein richtiger Fluss. Eher hätten wir noch den Rhein-Herne-Kanal als Fluss durchgehen lassen.

Die Emscher war da, aber sie war auch nicht da. Oft sah man sie nicht, weil sie in diesem tiefen Graben floss. Dafür roch man sie. »Köttelbecke«, hat mein Opa immer gesagt. Er musste es wissen, denn die Emscher floss dicht am Haus meiner Großeltern vorbei. Um auf Emscher zu kommen, hätten wir also Stadt-Land-Köttelbecke spielen müssen. Aber dann hätten wir bei R Probleme gehabt.

Ich habe Jonas in Düsseldorf kennengelernt. Als ich anfing, dort zu arbeiten, weil ich im Ruhrgebiet keine Stelle fand und es satt hatte, dass Woche um Woche Absagen in meinen Briefkasten flatterten.

Irgendwann besuchten Jonas und ich meine Großeltern. Auf dem Weg vom Auto zum Haus standen wir dann vor dem tiefen Graben, in dem die Köttelbecke fließt. Jonas sagte kopfschüttelnd: »Bei euch sind ja sogar die Flüsse tiefergelegt.«

Ich war so überrascht über den Gedanken, dass die Emscher ein Fluss und nicht bloß eine Köttelbecke sein könnte, dass ich mich gar nicht über Jonas' Anspielung ärgerte.

Proleten mit tiefergelegten Autos – das ist die Vorstellung, die Jonas vom Ruhrgebiet hat. Dabei ist Jonas sonst gar nicht so. Er versteht bloß nicht immer alles. Er versteht mich nicht immer. Es ist mühsam, ihm zu erklären, warum ich das Ruhrgebiet schöner finde als Düsseldorf. Ich kann ihm nicht begreiflich machen, dass schön auch grau, schief und unperfekt sein kann.

Klar ist Jonas beeindruckt, wenn er die Zeche Zollverein sieht oder den Landschaftspark Duisburg-Nord oder die Jahrhunderthalle in Bochum. »Die Industriekultur ist echt ein Alleinstellungsmerkmal des Ruhrgebiets«, sagte Jonas auch zu meinen Großeltern.

Mein Opa antwortete: »Ja, das Ruhrgebiet steht wirklich ganz schön allein da. Als Herz der Industrie war es gut genug, aber jetzt, wo dieses Herz aufhört zu schlagen, da lässt man uns ganz allein damit.«

Jonas hat nichts gesagt, obwohl er das mit dem Alleinstellungsmerkmal natürlich anders gemeint hatte. Er hat verstanden, dass man nicht immer alles richtigstellen muss. Ich war ihm dankbar, dass er das Wort Strukturwandel nicht benutzt hat. Denn ich weiß, wie mein Opa, der auf dem Pütt gearbeitet hat, auf dieses Wort reagiert. Auf all das »Schöngerede«. »Als hätten wir das so gewollt«, hat er mal gesagt. »Als wäre das unsere Entscheidung gewesen. Als hätten wir gesagt, jetzt wandeln wir mal die Struktur, damit die Wäsche schön weiß bleibt und man die Industriegebäude für die Hochkultur freiräumen kann.«

Das Wort Hochkultur klingt aus dem Mund meines Opas so, dass ich immer an Hochofen denken muss und nicht so sehr an Tristan und Isolde.

Jedenfalls habe ich erst durch Jonas darüber nachgedacht, dass E auch Essen, England, Emscher sein könnte. Ich habe angefangen, über die Emscher zu lesen. Darüber, wie sie ein sauberer Fluss gewesen ist. Vor der Industrialisierung, die die Gegend hier zum Ruhrgebiet machte. Sonst hätte es bloß eine Ruhr gegeben. Und eine Emscher. Und ein Gebiet drum herum. Aber keinen Ballungsraum, wie Jonas sagen würde. Immer mehr Industrie und Menschen ballten sich im Ruhrgebiet und machten Dreck. Der musste irgendwohin abgeleitet werden. In die Emscher. Die bestimmt keiner nach ihrer Meinung gefragt hat. Sie hat wohl kaum gesagt: Jetzt muss mal ein bisschen Industrialisierung her, jetzt wird in die Hände gespuckt, und dann wandeln wir diese ganzen ländlichen Käffer schön in ein modernes Industriegebiet um. Dreck reinigt ja schließlich den Magen. Nein, sie wurde ungefragt so lange verdreckt, begradigt, umgeleitet und tiefergelegt, bis Eva, Pete und mir kein Fluss mit E mehr einfiel.

Ich habe auch gelesen, dass die Emscher wieder zum Fluss zurückverwandelt wird. »Renaturiert«, sagt Jonas. Ich korrigiere ihn nicht, obwohl renaturiert eigentlich das falsche Wort ist. Weil die Emscher nie wieder der natürliche Fluss sein wird, der sie mal war. Sondern nur so aussehen wird, als ob. In wenigen Jahren soll der Prozess abgeschlossen sein, der sie wieder zu einem Fluss macht. Ein unterirdischer Abwasserkanal übernimmt die Drecksarbeit, und die Emscher kann wieder frei atmen und bekommt ein neues Flussbett.

Mein Opa findet bestimmt, dass man die Emscher hätte fragen müssen, ob sie die Drecksarbeit denn überhaupt aufgeben will. Dass sie selbstbestimmt darüber hätte entscheiden sollen, ob sie damit weitermachen will oder nicht. Aber ich bin froh für die Emscher.

Ich war auch froh, als mein Opa irgendwann nicht mehr unter Tage arbeiten musste und keine schwarzen Ringe mehr um die Augen und keine schwarzen Monde mehr unter den Fingernägeln hatte. »Der malocht sich noch mal kaputt«, hatte Oma immer gesagt. Ich wollte nicht, dass sich Opa kaputtmalocht. Ich hatte eine Puppe, die bei einem Streit mit Pete kaputtgegangen war. So ähnlich wie die Puppe stellte ich mir kaputtmalocht vor. Nämlich ohne Kopf.

Seit ich weiß, dass die Emscher umgebaut wird, warte ich auf den Fluss. Ich träume davon, dass meine Kinder – Eva hätte so gern Kinder gehabt – bei E sofort an Emscher denken werden. Dass sie immer im Sommer an der Emscher sind. Stadt-Land-Fluss spielen. E ist einfach. M ist schwieriger: Moers, Metropole Ruhr, Mosel. Für die Metropole Ruhr, die so groß ist, gibt es die volle Punktzahl.

Jonas wartet nicht auf den Fluss. Er will ein Haus kaufen. Und zwar bald. Als Wertanlage. Und weil wir Miete sparen können, wenn wir jetzt ein Haus kaufen und nicht erst später. Das Haus steht in Düsseldorf, weil ich Jonas nicht habe erklären können, wie schön das Ruhrgebiet ist.

Der Makler fragt, wo wir herkommen. Als ich sage, dass ich im Ruhrgebiet aufgewachsen bin, sagt er tatsächlich diesen Satz. Dass er erstaunt war, wie grün das Ruhrgebiet ist. Ich dachte, diesen Satz gäbe es schon lange nicht mehr. Jonas lacht mit dem Makler, als hätte der einen besonders guten Witz gemacht. Ich verstehe Jonas nicht immer.

»Stadt-Land-Fluss mit R«, sage ich, als wir auf dem Rückweg im Bahnhofscafé sitzen und die Bedienung uns heiße Schokolade bringt, deren Farbe perfekt zur Farbe ihrer Uniform passt.

Jonas überlegt nicht. Jonas sagt: »Das ist einfach, Remscheid, Rheinland, Rhein.«

Für das Rheinland kriegt er die volle Punktzahl.

NordWestBahn zwischen Bottrop und Gladbeck

Oma, Opa, Vater, Mutter, drei Kinder. Ja. Vielleicht hätte das klappen können. Und: nein. Es bleibt dabei. Es gibt keinen Opa. Und es gibt keine Oma. Es gibt keinen Bruder. Nur Evas Geschichten, die sie mir immer wieder erzählt hat. Nachts, wenn wir nicht schlafen konnten. Geschichten, die ich nicht mehr von der Wahrheit unterscheiden konnte. Bis ich selbst begann, mir Geschichten zu erzählen. Sie herauszulesen aus den Gesichtern der Menschen um mich her. Sie zusammenzureimen, aus dem, was Eva mir erzählte.

Ich fahre weiter mit der NordWestBahn. Über Bottrop-Boy nach Gladbeck-West. Dort steige ich um in die S9 nach Gelsenkirchen-Buer. Zum Ursprung zurück.

Es hat angefangen zu regnen. Und weil keiner gesagt hat, nimm einen Schirm mit, werde ich nass.

Eva und ich sind früher häufig mit der S9 von Buer nach Essen gefahren. Um dort durch die Fußgängerzone zu laufen und uns vorzustellen, was wir alles einkaufen könnten. Wir haben in der Bahn gesessen und Musik über Evas Walkman gehört. Selbst aufgenommene Kassetten. Zusammengeschnitten aus den Hitparaden im Radio. Neue CDs konnten wir uns nur selten leisten. Überall haben wir die Kassetten gehört. Auch an der Ruhr, an die wir noch immer fuhren, als wir schon längst nicht mehr Stadt-Land-Fluss spielten. Stattdessen falteten wir aus Papier Himmel-oder-Hölle-Spiele und schrieben Namen von Jungs hinein, die wir mochten. Und aus den Kopfhörern klang Take That: Never forget where you're coming from. Never pretend that it's all real.

Eva behauptete immer wieder, dass es einen Opa und eine Oma gegeben habe. Sie behauptete, sich erinnern zu können, dass wir einmal da gewesen wären als Kinder. Du warst noch ein Baby, sagte sie. Das Haus, in dem die Oma und der Opa gewohnt hätten, habe irgendwo ganz nahe der Emscher gestanden. Draußen stank es nach Kloake und drinnen, im Haus, roch es nach Veilchenseife, sagte Eva.

Immer ist etwas in meinem Kopf. Plätschert vor sich hin. Wie ein Fluss, der sich aus vielen Quellen speist. Immer ist da Eva in meinem Kopf. Immer ist da Eva. Obwohl sie längst nicht mehr da ist. Ich schließe die Augen.

Als ich sie wieder öffne, sitzt mir ein Mädchen gegenüber. Sie hat sich ein erwachsenes Gesicht geschminkt. Aber ihre Hände verraten ihr wahres Alter. Fünfzehn Jahre vielleicht. Vielleicht etwas älter. Die Nägel mit dem roten Lack. Ich wollte immer nur rote Kleider tragen. Der Lack halb abgeknabbert. Rot ist was für Flittchen. Sie hat ihren nassen Schirm auf den Boden gelegt. Um ihn her bildet sich ein Regensee. An einer Ecke mündet der Regensee in einen kleinen Fluss. Es müsste umgekehrt sein. Es müsste heißen, der kleine Fluss mündet in den Regensee. Aber so ist es nicht. Nein. Der kleine Fluss fließt aus dem See und sucht eine Quelle, in der er sich sammeln kann. Never forget where you're coming from.

Draußen hinterm Fenster der Regen. Ich spiegele mich in der S-Bahn-Scheibe. Auch das Mädchen betrachtet ihre Spiegelung im Bahnfenster. Für einen Moment kreuzen sich unsere Blicke. Begegnen wir uns. Sind wir gleich alt. Someday soon this will all be someone else's dream. This will be someone else's dream. Sie sieht glücklich aus, und Glück lässt Menschen schöner aussehen, als sie wirklich sind.

Ich erinnere mich an einen Sommer, der grün war. Einen Sommer, in dem die Nächte mir nichts ausmachten. Die Wiesen rings um die Schule waren grün, die Bäume auf dem Schulhof waren grüner, aber am grünsten waren Oles Augen. Jeden Tag beobachtete ich ihn und wartete. Wartete darauf, dass er mich ansprechen würde. Und hatte doch Angst. Angst, dass Ole nur ein Traum bleiben würde. Angst, dass Ole nicht verstehen würde, warum ich mich vor den Nächten fürchtete. Selbst Eva verstand mich nicht immer.

Er ist total verknallt, flüsterte Eva mir zu. Guck ihn dir doch an. Und ich sah es ja auch. Von Eva hatte ich gelernt, in Gesichtern zu lesen. Nachmittags, wenn wir nach der Schule noch nicht nach Hause wollten, haben wir uns in die Bahn oder den Bus gesetzt und Menschen beobachtet. Wir haben überlegt, warum der Mann mit dem traurigen Lächeln im Gesicht nicht schlafen kann. Wir lasen es ab an den Kratern, den Schatten, den Augenringen seiner durchwachten Nächte. Abends, wenn wir nicht schlafen konnten, haben wir in den Rissen an den Wänden nach Gesichtern gesucht. Und der Mond mit seinem müden Lächeln im Gesicht sagte: Hab keine Angst.

Das Mädchen hört Musik über Kopfhörer. Sie hat die Augen jetzt geschlossen und lächelt. Die Bahn fährt in Buer Nord ein, und ich steige aus. Den Schirm in der Hand. Drinnen in der Pfütze liegt eine Düsseldorfer Visitenkarte. Und in meinem Kopf singen Take That: And we're still so young. And we hope for mo-o-o-ore.

Und plötzlich denke ich: Vielleicht ist es ja doch wahr? Vielleicht kann ich immer noch mein Leben beginnen? Einen Traumstudiengang finden? Einen Traumjob? Mich in Oles grünen Augen verlieren?

Der Schirm

Eines Abends klingelt es an meiner Wohnungstür. In dieser Gegend verheißt es nichts Gutes, wenn jemand sehr früh morgens oder sehr spät abends klingelt. Das hat die alte Frau gesagt, die auf derselben Etage wohnt wie ich, als ich mal spät abends bei ihr geklingelt habe, weil der Paketbote ein Päckchen für sie bei mir abgegeben hatte. Sie öffnete die Tür einen Spalt breit und linste an der Türkette vorbei in den Flur.

»Ein Päckchen für Sie«, sagte ich.

»Um diese Zeit?«, fragte die alte Frau misstrauisch.

Ich erklärte, dass ich das Päckchen nur für sie angenommen habe. Ich versicherte, dass ich seit zwei Jahren im selben Haus wie sie wohne. Ich hielt das Päckchen so, dass sie an der Türkette vorbei ihren Namen darauf lesen konnte. Da erst löste sie die Kette und öffnete die Tür etwas weiter. Aus ihrer Wohnung roch es nach Buchstabensuppe und Veilchenseife.

Schnell griff sie nach dem Päckchen. »Verzeihen Sie mein Misstrauen. In dieser Gegend bedeutet es nichts Gutes, wenn es sehr früh morgens oder sehr spät abends an der Tür klingelt.«

»Was verheißt es denn dann?«, fragte ich, aber da hatte sie die Tür schon wieder geschlossen.

Ich stand im Hausflur. Hörte, wie sie von innen die Kette vor die Tür legte. Starrte die schäbigen Fliesen an den Wänden an. Starrte den unruhig gemusterten Linoleumfußboden an, in dem ich Gesichter erkennen konnte. Aus den Gesichtern starrte der Linoleumfußboden zurück. Plötzlich hätte ich heulen können. Weil ich aber Angst hatte, dass die alte Frau mich durch den Spion hindurch beobachtete und mich für nichts Gutes halten könnte, und auch wegen der starrenden Linoleumgesichter, verschob ich das Heulen lieber auf später.

Das ist jetzt einige Wochen her. Ich habe manchmal wieder den Geruch von Veilchenseife und Buchstabensuppe in der Nase. Und noch immer frage ich mich, was es heißen mag, wenn es hier besonders früh oder spät an der Tür klingelt. Es klingelt so gut wie nie jemand bei mir. Hin und wieder der Postbote. Und einmal standen die Zeugen Jehovas vor der Tür.

Ich lade niemanden ein in meine hässliche Einzimmerwohnung. Manchmal treffe ich mich mit Kollegen in ihren Wohnungen in schönen Stadtvierteln, wo Klingeln sehr spät abends bedeutet, dass Freunde mit einer Kiste Bier oder einer Schachtel Ferrero Küsschen vorbeikommen, und sehr früh morgens, dass der Joggingpartner vor der Tür steht. Ich könnte auch in einen der besseren Stadtteile ziehen. Diese Wohnung war bloß als Übergangslösung gedacht.

Als es jetzt an der Tür klingelt, während ich gerade gedankenverloren am Küchentisch sitze und versuche, in den Rissen im Putz an der Wand neue Gesichter zu entdecken, zucke ich zusammen und werfe mein Weinglas um, aus dem ich Wasser getrunken habe. Es fällt klirrend zu Boden, und ich denke, dass ich jetzt nur noch ein einziges Glas habe. Dass ich nun wirklich niemals Besuch empfangen kann. Oder nur solchen, dem es nichts ausmacht, mit mir aus einem Glas zu trinken. Ich könnte neue Gläser kaufen. Ich könnte die Wände streichen. Ich könnte eine andere Wohnung suchen. Es klingelt wieder.

Weil ich endlich wissen will, was passiert, wenn es in dieser Gegend sehr früh morgens oder sehr spät abends klingelt, laufe ich zur Tür, lege die Kette vor und linse durch den Türspalt.

Da steht Ole. Oder vielmehr: jemand, der aussieht wie Ole. Denn Ole kann es nicht sein.

Ich habe Ole geliebt. Einen Sommer lang. Und einen Herbst. Und einen Frühling. Und noch einen Sommer. Wir studierten in Bochum. Wir lagen im Westpark im grünen Gras, grün wie Oles Augen, und versuchten, in den Wolken Gesichter zu erkennen. Wir hockten in einem Straßencafé im Ehrenfeld, tranken Wein und diskutierten über eine Welt, wie wir sie haben wollten. Wir nahmen unsere Weingläser mit nach Hause, weil ich im Wohnheimzimmer keine hatte. Wir raschelten am Kemnader See mit den Füßen durch Laub und warfen uns auf dem Campus Schneebälle an den Kopf. Wenn ich Ole fragte: »Was willst du machen, wenn du groß bist?«, lächelte er breit und sagte: »Dich heiraten.« Dann küsste er mich leidenschaftlich und fühlte sich genau wie der an, den ich immer wollte. Die Zeit verschwand hinter Oles breitem Lächeln. Wir nahmen unsere Abschlusszeugnisse entgegen. Wir fuhren mit dem Tretboot über den Kemnader See, und Ole sagte, er wisse einfach nicht, was er machen wolle, jetzt, wo er groß sei. Wir lagen im Westpark im Gras. Ich versuchte, in den Wolken eine Zukunft zu erkennen, und sagte Ole zum Trost: »Ich weiß doch auch noch nicht, was ich machen will.«

»Du«, sagte Ole, »findest doch immer was. Du weißt immer, was du willst, und kriegst es dann auch.«

»Das ist nicht wahr«, sagte ich.

»Du fällst immer auf die Füße«, sagte Ole. »Du bist wie eine Katze.«

Ich schaute in die Wolken und erkannte nur, dass es bald Regen geben würde.

Unser zweiter Herbst war durchgehend verregnet. Sagte Ole »Ich bin müde«, verstand ich »Du langweilst mich«. Wenn er sagte »Ich liebe dich«, hörte ich ein »aber« am Satzende. Wenn Ole sagte »Ich bin unzufrieden«, dann war ich sicher, er meinte »mit dir«. Ole wusste immer noch nicht, was er wollte. Und ich wusste immer noch nicht, was ich wollte. Nur, dass ich Ole nicht verlieren wollte. Das wusste ich mit Sicherheit.

»Ich will dich auch nicht verlieren«, sagte Ole. Aber er reagierte immer gereizter auf mich und meine Füße, auf die ich ja doch irgendwie fallen würde. Als ich ihn fragte, ob er eine Katzenallergie habe, lachte er nicht, sondern verdrehte nur die Augen. Immer öfter schwiegen wir.

»Rede mit mir«, sagte ich dann zu Ole.

Ole antwortete: »Du verstehst mich ja doch bloß falsch.«

Weil ich eine Katze bin, die immer auf die Füße fällt, fand ich dann doch etwas, was ich außer Ole noch wollte: eine Stelle bei einem großen Kulturfestival. Ich bewarb mich. Wenig später hatte ich die Zusage.

Als ich mit Ole beim Bäcker im Bahnhof gerade Croissants kaufte und ich mir endlich ein Herz gefasst hatte, es ihm zu erzählen, sagte er bloß: »Hab ich doch gesagt.«

Weil Ole weiter nichts sagte, fügte ich hinzu: »Ich denke, ich werde die Stelle annehmen.«

Ole sagte nichts, und die Verkäuferin reichte mir die Tüte mit den Croissants und schaute mich mitleidig an.

Ole sagte immer noch nichts, und auch mir fiel nichts mehr zu sagen ein.

Der Herbstregen hatte die meisten Worte in den Rinnstein gespült und mir nur die falschen übrig gelassen. Der Raum unter meinem Schirm erschien mir sehr eng. Ole und ich stießen dauernd mit den Schultern gegeneinander, und wenn ich versuchte auszuweichen, wurde ich nass.

»Wenn es das ist, was du willst«, sagte Ole schließlich.

Weil unter dem Schirm nicht genug Platz für große Worte war, mit denen ich Ole hätte sagen können, dass das, was ich wollte, eigentlich nur er war, schwieg ich. Und weil auch Ole schwieg, verstand ich: »Gut, dass du gehst.« Also ging ich. Ich nahm die Stelle an. Suchte mir eine hässliche Wohnung in Ückendorf, fußläufig zum Festivalbüro. Nicht weit weg von Ole. Aber weit genug weg.

Als ich am ersten Abend in meiner Wohnung am Küchentisch saß und feststellte, dass man in den Rissen im Putz an der Wand Gesichter erkennen konnte, fielen mir endlich passende Sätze ein, die ich Ole hätte sagen können. Die ich sagen würde, wenn Ole sich meldete. Es konnte nur eine Frage der Zeit sein, bis er herausgefunden hätte, was er wirklich wollte, dachte ich.

Aber Ole hat sich nicht gemeldet. So sehr ich auch versucht habe, unter den vielen Gesichtern in den Rissen im Putz an der Wand seines zu finden. Deshalb kann es unmöglich Ole sein, der jetzt vor der Tür steht.

»Hallo«, sagt der, der aussieht wie Ole aus dem Flur.

»Hallo«, sage ich durch den Türspalt.

»Schöne Tür«, sagt der, der aussieht wie Ole.

»Ja«, sage ich durch den Türspalt. »Wer sind Sie überhaupt?«

»Ich bin's doch. Ole«, sagt der, der aussieht wie Ole.

Ich verharre hinter der Tür. Ich mustere den, der behauptet, Ole zu sein. Wenn man sich die schäbigen Fliesen und den Linoleumfußboden wegdenkt, sieht er tatsächlich so sehr so aus wie Ole, dass es Ole sein muss.

Ole sagt: »Kann ich reinkommen, oder möchtest du dich weiter durch den Türspalt unterhalten?«

Ich zögere.

»Bitte«, sagt Ole, »hier draußen ist es mir nicht geheuer.«

Ich löse die Kette. Ole schlüpft in den Wohnungsflur.

»Entschuldige mein Misstrauen«, sage ich, »aber wenn spät abends noch jemand klingelt, bedeutet es nichts Gutes.«

Dann steht Ole in meiner hässlichen Küche. Er passt nicht hierher. Ich fand Ole immer außergewöhnlich schön. Meine Freundinnen Melanie und Linda fanden ihn bloß gut aussehend. In den beiden Jahren, die ich Ole nicht gesehen habe, fand ich das zunehmend auch. Jetzt denke ich, dass die Erinnerung gelogen hat. Oder ist es nur der Kontrast zu meiner hässlichen Küche, der Ole so schön macht?

»Hab ich was im Gesicht?«, fragt Ole, weil ich ihn anstarre, und grinst breit.

Dann knirscht es unter seinen Sohlen, und ich sage: »Im Gesicht nicht, aber unter den Schuhen«, weil Ole gerade über das kaputte Glas stapft.

»Ach du meine Güte«, sagt Ole, »hab ich unseren Polterabend verpasst?«

Eine Wut ist plötzlich in mir. Ich will Ole sagen, dass er sofort wieder gehen kann und die Scherben gleich mitnehmen runter zum Müll. Ich verstehe die Wut nicht. Jetzt ist Ole doch da. Endlich. Darum sage ich stattdessen: »Auf Polterabenden darf man kein Glas werfen, das bringt Unglück.«

Ole beginnt die Scherben aufzusammeln und sagt: »Ist das eins von unseren Gläsern?« Als ich nicht antworte, fügt er hinzu: »Kann ich vielleicht etwas zu trinken haben?«

Während ich das letzte Glas aus dem Regal nehme, klingelt es. Als das Glas auf dem Boden zerschellt, sagt Ole: »Da kann ich ja gleich weitermachen.«

Ich öffne vorsichtig die Tür. »Ich wollte nur nach dem Rechten sehen«, flüstert die alte Frau, die auf derselben Etage wohnt wie ich. »Vorhin hab ich einen jungen Mann im Flur beobachtet, der aussah, als führte er nichts Gutes im Schilde.«

Was gibt Ihnen eigentlich das Recht, Dinge in Gut und Schlecht einzuteilen, will ich sie fragen. Versichere aber stattdessen, dass bei mir alles in Ordnung sei. Die Frau schleicht zurück zu ihrer Wohnung. Ein leichter Geruch von Buchstabensuppe und Veilchenseife bleibt im Flur hängen. Vom Fußboden starren mich stumm vertraute Gesichter an.

Ole hat sich in meiner Küche schon eingerichtet. Er hat Wein und Pappbecher aus seinem Rucksack geholt.

Die Risse im Putz an der Wand verschwinden hinter seinem breiten Lächeln. Während Ole im Radio nach einem Sender sucht, der ihm gefällt, frage ich endlich, was er hier macht.

»Dich sehen«, sagt er. Als wäre es ganz selbstverständlich. »Du fehlst mir immer noch.«

»Du fehlst mir auch gerade noch«, sage ich, weil das die einzigen Worte sind, die mir einfallen.

Ole zieht mich zu sich heran und küsst mich.

Er fühlt sich nicht an wie der, den ich immer wollte. Und aus dem Radio singt Rio Reiser: »Es ist vorbei, bye-bye, Junimond.«

Gelsenkirchen-Buer

Es gab einen Sommer, der war grün. Und er hätte in einen goldenen Herbst übergehen können. Hätte. Hätte. Hätte. Was nützt einem so ein »Hätte«? Ich hätte einen Bruder haben können. Ich hätte eine Oma, einen Opa, einen Hund haben können. Bei Oma und Opa zu Hause hätte es nach Veilchenseife riechen können. Ich hätte jeden Tag mein Leben beginnen können.

Ich hätte nicht in Buer Nord aussteigen müssen. Ich hätte nicht den Weg Richtung Busbahnhof einschlagen müssen. Dann würde ich jetzt nicht diesen Weg laufen, der mich in eine Vergangenheit führt, von der ich selbst nicht mehr weiß, ob sie existiert oder ob ich sie mir bloß ausgedacht habe, ob Eva sie sich bloß ausgedacht hat, so wie all die anderen Geschichten.

Ich kann diese Geschichten nicht mehr von meiner eigenen Haut unterscheiden. Sehe ich mich gespiegelt irgendwo, weiß ich nicht mehr, welches der vielen Gesichter, die ich in all den Jahren gesehen habe, mir entgegenblickt. Jedes Gesicht eine Geschichte.

Ist es ein Zufall, dass das Wort Gesicht im Wort Geschichte steckt? Man muss nur ganz wenige Buchstaben streichen. Man muss nur ganz wenige Buchstaben aufessen. Mit Essen spielt man nicht. Mutter zieht mir den Teller mit der Buchstabensuppe weg. Mit Essen spielt man nicht, Rosa Hess. Aber müsste es nicht umgekehrt heißen? Also: Dass die Geschichten in den Gesichtern stecken? Dass die Flüsse in die Ozeane münden? Dass die Vergangenheit in mich zurückläuft? Und nicht ich in die Vergangenheit zurücklaufe?

Ich gehe diesen Weg. Ich bin ihn auch mit Eva gegangen. Viele Male bin ich ihn mit Eva gegangen. Ole lief einige Meter vor uns. Ich dachte: Wenn du dich jetzt umdrehst.

Wenn du dich jetzt umdrehst, dann wird alles anders werden. Für immer. Aber er drehte sich nicht um.

Ich laufe bis zum Busbahnhof. Hier hält auch die Bahn. Hier hält auch die Bahn, mit der Ole nach Hause fuhr. Einmal, nur ein einziges Mal, bin ich hinter Ole her in die Bahn gestiegen. Eva war krank und ich alleine in der Schule gewesen. Ich war alleine diesen Weg gegangen. Ich war alleine wenige Meter hinter Ole gegangen. Ole war in die 302 Richtung Bochum über Gelsenkirchen Hauptbahnhof gestiegen, und ich war auch eingestiegen. Einfach eingestiegen. Ich setzte mich auf die andere Seite des Ganges. Ein paar Reihen hinter Ole. So konnte ich sein Gesicht sehen, wenn er den Kopf zur Seite neigte. Er aber hätte den Kopf über die Schulter drehen müssen, um zu merken, dass ich ihn beobachtete. Wir fuhren vorbei am Berger See, am Parkstadion, an Gelsenkirchen Hauptbahnhof.

In Ückendorf stand Ole auf. Lief an mir vorbei Richtung Tür. Er lief an mir vorbei. Aber. Halt. Er schaute mich mit diesen Augen an, die noch grüner waren als die Wiesen rund um die Schule, die noch grüner waren als die Bäume auf dem Schulhof. Schaute. Schaute. Schaute. Drückte mir einen Zettel in die Hand. Willst du mit mir gehen? Kreuze an. Ja. Nein. Vielleicht.

Ja, wollte ich sagen. Ja, ja, ja, wollte ich rufen. Nimm mich mit, wollte ich schreien. Ich wollte aufspringen und Ole nachlaufen. Aber ich blieb sitzen. Blieb sitzen. Blieb sitzen. Die Türen schlossen sich. Oles Blick. Die Bahn fuhr ab. Die Angst. Ich starr. Bewegungslos. Saß. Stieg erst in Bochum aus. Endstation. Wechselte in die 302 in die Gegenrichtung. Fuhr vorbei an Ückendorf, an Gelsenkirchen Hauptbahnhof, am Parkstadion, am Berger See. Fuhr. Vorbei, bye-bye, Junimond. Immer diese eine Zeile. Vorbei, bye-bye, Junimond. Rio Reiser hatte das Lied im Radio gesungen, und Eva hatte auf »rec« gedrückt. Den ganzen

Sommer über hatten wir das Lied wieder und wieder auf Evas altem Walkman gehört. In der Bahn. An der Ruhr. Auf dem Schulhof. Auf den grünen Wiesen rund um die Schule. Und jetzt sang es wieder und wieder und wieder in meinem Kopf. So oft, dass eine Kassette schon längst angefangen hätte zu leiern.

Ich stieg am Busbahnhof in Buer aus der Bahn. Endstation. Den Zettel in der Hand. Kreuze an. Ich fühlte, wie das Papier in meiner Hand Falten schlug. In meiner Hand, die sich zu einer Faust ballte. Hörte, wie der Zettel mir zuflüsterte: Es ist vorbei, bye-bye, Junimond. Warf den Zettel in den Müll.

Ich steige ein in die 302. Zurückspulen.

Hier saß Ole. Und da vorne saß ich.

Am nächsten Tag war Eva wieder gesund. Wir liefen zusammen wenige Meter hinter Ole. Aber er drehte sich nicht um.

Wenige Tage später fragte er Linda, die in die Parallelklasse ging, ob sie mit ihm gehen wolle. Linda konnte nicht ihre Zunge rollen, aber ganz offensichtlich leidenschaftlich geküsst werden. Danach waren die Wiesen nie wieder so grün. Grün – ja. Aber nicht so. Vorspulen.

Jahre später hatte die Band Echt Junimond gecovert. Ich musste an Ole denken, jedes Mal wenn das Lied im Radio gespielt wurde. Natürlich musste ich an Ole denken. Und wenn Eva laut mitsang »Doch jetzt tut's nicht mehr weh. Nee, jetzt tut's nicht mehr weh«, dann wollte ich so gern daran glauben.

Gab es Ole?, frage ich mich jetzt in der 302. Hatte es diesen Tag wirklich gegeben? Den Zettel, den er mir in die Hand drückte? Oder hatte ich ihn mir nur ausgedacht? Hatte ich daran geglaubt, weil ich so gern daran glauben wollte? Selbst wenn Eva noch da wäre, könnte ich sie nicht fragen.

Könnte sie nicht fragen, denn sie war ja nicht dabei, byebye, Junimond. Und ich habe ihr nie davon erzählt.

Ich sitze in der 302. Fahre. Vorbei am Berger See und am Parkstadion, das heute nicht mehr so heißt. Vorbei am Hauptbahnhof Gelsenkirchen. Steige in Gelsenkirchen-Ückendorf aus. So viele Jahre zu spät. Steige aus und dann direkt in die Bahn in die Gegenrichtung um. Ich laufe nicht in die Vergangenheit zurück, sondern Vergangenheit läuft zurück in mich. Ich steige aus in Buer. Endstation. Laufe weiter Richtung Fußgängerzone. Hier, an diesem Platz, gab es früher Bänke aus grünem Metallgitter. Hier saßen Eva und ich manchmal und hörten Musik. Warteten. Warteten darauf, dass die Zeit verging. Weil wir noch nicht nach Hause wollten. I-Punkt nannten wir diesen Platz. Weil er einen Punkt auf das I setzte, das die Fußgängerzone bildete. Jetzt gibt es diese Bänke nicht mehr. Und es gibt den Imbiss nicht mehr, an dem Eva und ich manchmal Pommes gekauft haben. Pommes rot-weiß. Ich wollte immer nur rote Kleider tragen. Weiß ist auf Hochzeiten allein der Braut vorbehalten. Es gibt den I-Punkt nicht mehr. Und es gibt Eva nicht mehr. Wer sagt mir, dass es den I-Punkt jemals gab? Den Imbiss? Wer sagt mir, dass ich mir nicht auch Eva nur ausgedacht habe? Dass sie nicht nur eine Geschichte ist, die ich erfunden habe? In einer Nacht, in der ich nicht schlafen konnte. Wer sagt mir, dass wir nicht bloß drei waren? Vater, Mutter und ich? Vater mit dem Zucken unter dem Auge. Mutter mit der müden Haube. Und ich.

Selbst wenn ich Worte gefunden hätte an diesem Tag damals in der Bahn. Selbst wenn ich »ja« zu Ole gesagt hätte. Selbst wenn es einen goldenen Herbst gegeben hätte. Selbst dann weiß ich nicht, ob ich jetzt glücklicher wäre.

Aber es gibt doch einen Ole, flüstert Eva in mir drin. Und ich weiß, dass ihre Stimme nur eine Lüge ist.

Weil ich nicht weiß, wohin, und weil gerade die 301 einfährt, steige ich ein. Fahre. Richtung Horst. Auch hier Erinnerungen. Ich will sie nicht hören. Seid still, seid doch still.

Ich steige aus an der Haltestelle Buerer Straße. Hier sind Eva und ich immer in die U11 gestiegen, wenn wir zum Museum Folkwang wollten. Hier sind Eva und ich immer … Verschwindet, Gedanken! Ich steige ein. U11. Richtung Gruga. Steige in Essen aus. Rüttenscheider Stern. Laufe in Richtung Museum. Bleibe davor stehen. Die Ausstellung ›Im Farbenrausch‹. Im Farbenrausch. Im … Ich wollte immer nur rote Kleider tragen. Ich wollte immer nur … Oles grüne Augen. Die Klebezettel. Gelb, grün und dieses schreiende Pink … wie bunte Papierschmetterlinge. Blutleere Falter. Die blaue Stunde über dem Dortmunder U. Blau wie der Zipfel von Petes T-Shirt. Dieses Blau, dieses Rot, dieses Gelb. Ein leuchtend gelber Abisommer. Ein goldener Herbst. Die rote Kindergartentasche. Das rote Kleid bei der Einschulung. Pommes rot-weiß. Evas weißes Kleid bei der Hochzeit. Evas weißes Kleid bei der Hochzeit. Evas weißes Kleid.

»Schön, nicht wahr?«, fragt die junge Frau neben mir und deutet auf das Plakat zur Ausstellung. Max Pechstein. Das Mädchen am Tisch.

Schön?, will ich schreien. Sehen Sie denn nicht die Traurigkeit? Im rechten Auge? Und im linken Mundwinkel? Aber weil ich gelernt habe, dass es sich nicht gehört, in der Öffentlichkeit laut zu schreien, bleibe ich still. Stehe nur da. Bis es wieder zu regnen beginnt.

»Kommen Sie schnell ins Trockene!«, ruft die junge Frau mir zu, die jetzt unter dem Vordach des Museums steht. Und ich laufe los. Ins Trockene.

»Und ausgerechnet an so einem Tag vergesse ich meinen Schirm«, sagt die junge Frau. »Liegt zu Hause im Flur. Da liegt er gut, würde meine Dozentin Katharina sagen.«

»Haben Sie es eilig?«, frage ich.

Sie blickt auf ihre Uhr. Eine große, altmodische Herrenuhr. Von wem mag sie die wohl haben?

»Wenn ich noch rechtzeitig zum Seminar kommen will, hab ich es eilig«, erklärt sie und zwinkert mir zu.

Ich halte ihr den Schirm hin, den ich aus der S9 mitgenommen habe. »Dann nehmen Sie den.«

»Nein, nein«, winkt die Frau ab.

»Dann kommen Sie noch rechtzeitig zum Seminar«, beharre ich.

Sie zögert. »Was ist mit Ihnen?«

Ich zucke mit den Schultern. »Ich hab Zeit. Ich warte, bis der Regen aufgehört hat.«

Sie lächelt mich an. »Danke!«, sagt sie. Dann wühlt sie in ihrer Tasche. »Hier. Dann haben Sie wenigstens etwas, um die Zeit zu überbrücken«, sagt sie und hält mir ein Buch hin. Ich greife danach. Eine Biografie. Max Pechstein. »Brauchen Sie die denn nicht mehr?«

Sie schüttelt den Kopf. Lächelnd. »Die Expressionisten sind mir zu laut.« Etwas stimmt nicht mit ihrem Lächeln. Finde den Fehler.

Sie spannt den Schirm auf und verschwindet im Regen. Verschwindet. Als wäre sie nie dagewesen. Nur das Buch in meiner Hand ist Beweis dafür, dass sie noch eben hier gestanden hat. Ein Buch von Katharina Schneider. Nie gehört. Ich blättere darin. Eine Postkarte fällt heraus:

Wir sehen uns heute Abend. Ich freu mich.

Peter.

Vielleicht, wenn ich einen Peter …

Noch einmal neu beginnen. Ohne Mutter. Vater. Eva. Ohne Ole und Jonas. Ohne Pete. Noch einmal beginnen. Auf unbemalter Leinwand. In einem White Cube.

Das Buch

»Das Mädchen am Tisch. Von Max Pechstein«, sagt Katharina und weist auf ein Gemälde, während sie spricht.

Das Mädchen am Tisch ist mit groben Pinselstrichen gemalt. Gelbe Haut. Rote Wangen. Knallrote Lippen. Schlafzimmerblick.

Dagegen Katharinas ebenmäßiges Gesicht. Die helle Haut. Der akkurat aufgetragene bordeauxrote Lippenstift. Die Augen.

»Weiß jemand von Ihnen, wer auf dem Bild zu sehen ist?«, will Katharina wissen. Die Kombination aus Vorname und Siezen hat sie uns am ersten Seminartag angeboten. Keiner hat widersprochen. Man widerspricht Katharina nicht.

»Niemand eine Idee?«, fragt Katharina.

Ich höre die Stille. Nie ist es im Museum so leise, wie wenn Katharina eine Frage stellt, die keiner beantworten kann. Sie ist eine Koryphäe auf ihrem Gebiet. Ein anerkennendes Nicken von ihr wie ein Ritterschlag. Sie schaut in die Runde. Zieht die Augenbrauen hoch.

Ich weiche ihrem Blick aus und betrachte konzentriert das Mädchen am Tisch. Die Schleife im Haar. Den weißen Kragen im Kontrast zur lässigen Haltung. Dagegen Katharina. Aufrecht. Hochgewachsen. Schlank. Mit beiden Beinen auf dem Boden. Die eine Hand in die Seite gestemmt.

»Ich möchte, dass Sie sich bis zum nächsten Mal über Max Pechstein und seine Werke schlaumachen«, sagt sie und wendet sich ab, während meine Kommilitonen noch fleißig notieren. Die Stunde ist beendet.

Das Mädchen am Tisch hat den Ellbogen auf das weiße Tischtuch gestützt. Den Kopf auf die Hand. Im Hintergrund ein Bett mit gelb-orangefarbenem Überwurf.

Ich sehne mich nach Peters Händen. Aber Peter hat heute keine Zeit. Als er dann wenige Tage später neben mir in meinem Bett liegt, zwischen weißen, zerwühlten Laken, und mit dem Finger Linien auf meinen Arm zeichnet, frage ich: »Was weißt du über Max Pechstein?«

»Expressionist«, sagt Peter und hört nicht auf, mit seinem Zeigefinger meinen Arm entlangzufahren. »Mitglied der Künstlervereinigung Die Brücke. Rausgeworfen, weil er an einer Ausstellung der Berliner Secession teilnahm. Reisen in die Südsee. Soldat im Ersten Weltkrieg.«

Peter kann zu allen wichtigen Malern der Kunstgeschichte ein paar Eckdaten runterrattern. Keine Jahresdaten. Zahlen langweilen ihn. Seine Liebe gilt allein den Worten.

»Was du immer alles weißt«, murmele ich.

»Ach, Charlotte«, in Peters Stimme schwingt: Du bist doch noch so jung. Ich höre meistens auch die Töne zwischen den Zeilen. Ob ich will oder nicht. Er legt den Arm um mich. Streichelt mit den Fingern meinen Rücken.

Obwohl er so viele kunsthistorische Daten auswendig weiß, schätzt Peter Öl auf Leinwand nicht sonderlich. Er malt mit Worten auf Papier. Mit Gesten in die Luft. Mit Fingern auf meinen Rücken. Ich habe seine Romane gelesen. Seine Erzählungen. Seine Gedichte. Seine Aufsätze. Ich folge den Pinselstrichen seiner Hände in der Luft mit den Augen. Aber am meisten liebe ich die Bilder, die er auf meine Haut malt. Bilder, die verblassen, kaum dass Peter gegangen ist.

»Warum Pechstein?«, fragt Peter jetzt.

»Nur so«, sage ich und lege meinen Kopf in die Mulde zwischen seinem Kopf und seiner Schulter, damit er mir nicht in die Augen sehen kann. Weil ich mich viel im Museum aufhalte, habe ich gelernt, dass alles sichtbar wird, wenn man nur lange und genau genug hinschaut.

»Für Katharina«, sagt Peter dann in mein Schweigen. Nicht als Frage. Als Feststellung. Er weiß, dass ich die Impressionisten liebe. Die Expressionisten sind mir zu laut. »Für ihr Seminar«, fügt er hinzu. Als ich schweige, legt Peter seine Hand auf meinen Kopf. »Warum tust du dir das bloß an?«, fragt er. »Warum gehst du in ihr Seminar?«

Weil sie die Beste ist. Will ich sagen. Weil sie eine Koryphäe auf ihrem Gebiet ist. Will ich sagen. Und du? Will ich fragen. Warum tust du dir Katharina weiter an? Aber weil ich mich viel im Museum aufhalte, habe ich gelernt, still zu sein.

»Ich muss gehen«, sagt Peter. Schiebt mich sanft weg. Steigt aus dem Bett und zieht sich an. Bitte bleib, will ich sagen. Aber ich kann nur zusehen. Hätte ich bloß eine überzeugende Antwort auf seine Frage gehabt. Hätte ich doch mehr als mein Schweigen vorzuweisen, vielleicht wäre er dann geblieben.

Peter ist so voller Worte. Und ich? Denke an das Mädchen am Tisch. An das leere Bett in ihrem Rücken. Während Peters Bilder auf meiner Haut verblassen. Ich denke an Katharinas helle, ebenmäßige Haut. Wie viele Bilder Peters Finger wohl darauf gemalt haben? Auf diese perfekte Leinwand? Ich gehe nicht in Katharinas Seminar, weil ich die Expressionisten studieren will. Ich gehe in das Seminar, weil ich Katharina studieren will. Wenn ich sie begreife, verstehe ich vielleicht auch Peter besser. Peter, den ich außer bei mir in der Wohnung nur mit Abstand anzuschauen wage. Weil ich mich oft genug im Museum aufhalte, habe ich gelernt, den Sicherheitsabstand zu wahren. Um zu vermeiden, dass irgendwo im Gebäude ein lautloser Alarm aktiviert wird.

Ob Katharina ihn manchmal abfragt? Die Augenbrauen hochzieht, wenn er etwas nicht weiß?

Ich kann nicht schlafen. Weil es so still ist um mich her. Weil es weiß und leer ist in mir. Eine weiße Leinwand. Unbemalt. Ein White Cube. Ohne Bilder.

Der nächste Morgen ist immer noch still und weiß und leer. Ich gehe ins Museum, um den White Cube mit Bildern zu füllen. Ich lasse die Impressionisten, nach deren leisen Farben und sanften Pinselstrichen ich mich sehne, links liegen. Gehe direkt in die Sonderausstellung. Wenn ich die Expressionisten verstehe, verstehe ich vielleicht Katharina besser. Versteh mich doch, sagt Mutters müder Blick. Still, denke ich, sei doch still.

Ich stehe lange vor dem Bild mit dem Mädchen am Tisch. Sie schaut an mir vorbei.

Etwas stimmt nicht mit ihrem Lächeln. Ich sehe ganz genau hin. Finde den Fehler! Ich finde ihn nicht. Es ist, wie wenn Katharina eine Frage stellt. Je mehr ich verstehen will, desto weiter rutscht die Antwort weg. Das Mädchen am Tisch ist jung. Jünger noch als ich. Höchstens zwanzig. Die knallroten Lippen leicht verwischt wie nach einer Liebesnacht. Ich sehne mich nach Peters Worten, die mich ausfüllen sollen. Nach den Bildern, die er auf meinen nackten Rücken malen soll. Das Mädchen sieht müde aus. Ob auch ihr nachts die Stille in den Ohren dröhnt? Oder ahnt sie noch nichts von Leere? So wie ich, als ich Peter gerade erst kennengelernt hatte?

Das Mädchen am Tisch blickt weiter an mir vorbei. Schau mich an, denke ich. Schau mich endlich an.

»Es ist, als ob sie jederzeit den Blick wenden und einem direkt in die Augen schauen könnte, nicht wahr?«

Ich zucke zusammen. Ich habe Peter nicht kommen hören. Er steht dicht neben mir. Zu spät wird irgendwo in mir ein lautloser Alarm aktiviert. Das ist zu nah, Peter, will ich sagen. Bist du hier, um Katharina abzuholen, will ich fragen. Ich schweige.

Peter lächelt mitten in mich hinein. Leicht berührt seine Hand meinen Rücken. Hinterlässt einen zarten Pinselstrich. Ganz anders als Pechsteins grobe Pinselführung.

»Wir sollten nicht …«, sage ich. Doch mein Satz beginnt unter Peters Lächeln zu verblassen und zu vergilben. Er wird spröde und rissig.

»Es ist doch nicht verboten, sich im Museum über Bilder zu unterhalten«, sagt Peter. Als müsste er ausgerechnet mir erklären, was man in einem Museum darf und was nicht. Ich beachte alle Regeln. Halte angemessene Abstände und Lautstärken ein. Nur die eine Regel habe ich missachtet: Lass dich nicht mit dem Mann der Kuratorin ein.

»Lotte«, sagt Peter. Ich wundere mich, dass er die Kurzform meines Namens benutzt. Peter mag keine Kosenamen. Weil das Menschen kleiner macht, als sie sind. Erst als ich sehe, wie Peter das Mädchen am Tisch ansieht, verstehe ich, dass er nicht mich mit Lotte meint.

»Lotte Kaprolat war Pechsteins liebstes Modell«, sagt er. »Er lernte sie im Atelier eines Kollegen kennen. Sie stand dann auch für Pechstein Modell. Später heiratete er sie. Trotzdem hat er nicht aufgehört, sie zu malen.«

Trotzdem? Warum hätte er auch aufhören sollen, frage ich mich. Wieso erstaunt Peter das? Wahrscheinlich, weil er selbst aufgehört hat, Katharinas Rücken mit seinen Händen zu bemalen. Irgendwann, nachdem sie geheiratet haben. Nicht, dass ich genau wüsste, wann. Nicht, dass er mir das erzählt hätte. Nicht, dass ich danach gefragt hätte. Aber ich bemerke auch die Leerstellen. Die weißen Leinwände. Die Ecken im Museum, in denen keine Bilder mehr hängen.

»Aber sie sieht so jung aus«, sage ich.

Peter nickt. »Sie war mehr als zehn Jahre jünger als Pechstein.«

»Woher weißt du das alles?« Meine Frage hallt im Raum. Ich wünsche mir, dass sie unter Peters Lächeln verblasst. Im Museum ist man besser ganz still. Schon wieder ein Regelbruch.

»Katharina hat das Bild sehr geliebt«, sagt Peter. Leise.

Ich kann mir nicht vorstellen, dass es eine Katharina gab, die sehr liebte. Und ich will nicht, dass Peter über so eine Katharina spricht. Es sind noch nicht einmal die Worte, die ich nicht ertrage. Es ist die Art, wie er sie ausspricht. Mit sanftem Pinselstrich. Ganz behutsam.

»Katharina liebte die Heiterkeit des Bildes«, fährt Peter fort. »Diese Leichtigkeit. Das Gelb, das Orange, das Rot. Lottes Lächeln.«

Sein Blick ist auf das Mädchen am Tisch gerichtet. Seine Worte meinen nicht mehr mich. Schau mich an, denke ich. Hätte ich Worte. Hätte ich eine Stimme. Aber ich habe bloß Augen, die alles sehen. Ohren, die alles hören.

Leise verlasse ich den Raum. Wie es sich gehört in einem Museum.

Am nächsten Tag stehe ich wieder in der Sonderausstellung im Neubau. Der Neubau ist groß, kühl und elegant. Wie Katharina. Der Neubau ist durchzogen von vielen Sichtachsen. Schonungslose Architektur. Nichts bleibt verborgen. Kein Problem für den, der nichts zu verbergen hat.

»Haben Sie sich über Max Pechstein schlaugemacht?«, fragt Katharina. Meine Kommilitonen blättern in ihren Notizen. Natürlich haben sie. Sie rattern Zahlen und Fakten herunter. Geboren. Gestorben. Verliebt. Verlobt. Verheiratet. Geschieden. Wieder geheiratet. Ich horche auf.

»Geschieden? Aber was wurde aus Lotte?«, rutscht es mir raus. Wieder ein Regelbruch. Katharina mustert mich. Etwas an ihrem Blick stimmt nicht. Finde den Fehler!

»Lotte wurde durch Marta ersetzt«, sagt Katharina.

Ich schaue Lotte an. Sie weicht meinem Blick aus. Währenddessen hat Katharina mit meinen Kommilitonen die Bildanalyse begonnen. Sie stellt die richtigen Fragen. Meine Kommilitonen analysieren Farben und Pinselführung. Kontraste und Strukturen. Technik und Wirkung.

»Mit welcher Intention hat Pechstein Lotte wohl so auf die Leinwand gebannt?«

Ich brauche einen Moment, um zu begreifen, dass Katharina diese Frage direkt an mich gerichtet hat. Wenn sie Fragen stellt, werde ich klein. Obwohl sie keine Kosenamen benutzt. Ich werde so klein, dass keine großen Worte mehr Platz haben in mir. Ich bringe gerade mal ein Schulterzucken zustande.

»Natürlich haben Sie eine Meinung dazu, Charlotte«, sagt Katharina. Ihre Augenbrauen heben sich.

Es ist das erste Mal, dass Katharina meinen Namen nennt.

Ich atme tief durch. Dann schubse ich schnell die Worte über meine Lippen: »Ich denke, er wollte seine Liebe für sie festhalten. Er wollte das Mädchen malen, das er liebt. Er wollte sie so malen, wie er sie sah. Mit diesem Gelb, diesem Orange, diesem Rot. Ihr Lächeln. Ihre Leichtigkeit.«

Katharina wendet sich ab. »Sehen Sie das auch so?«

Meine Kommilitonen geben sich Mühe, die richtige Antwort zu geben. Sie wollen ihr alle gefallen. Selbst ich will ihr gefallen. Obwohl ich mit ihrem Mann schlafe.

Katharina fegt alle Antworten mit großer Geste beiseite. »Ich denke nicht«, sagt sie dann, »dass er seine Liebe zu Lotte abbilden wollte. Sehen Sie das da auf dem Tisch?«

»Ein Hut«, bemüht sich einer der Kommilitonen. »Scheint ein Männerhut zu sein. Zu ihr passt er jedenfalls nicht.«

»Ein Männerhut.« Katharina nickt anerkennend. »Aber wo ist der Mann?«

Und plötzlich sehe ich es. Lotte schaut nicht bloß an uns vorbei. Sie schaut jemanden an. Ich weiß, dass wir in diesem Moment alle die Anwesenheit des unsichtbaren Mannes im Raum begreifen. Peter, denke ich. Und dann: nein, Pechstein.

Katharina blickt triumphierend in die Runde. Sie hat die richtigen Fragen gestellt. Und dann schaut sie mich wieder direkt an, als sie sagt: »Pechstein hat sich selbst ins Bild gemalt. Lotte, die ihn genau so anschaut, wie er gesehen werden will.«

Katharina betrachtet das Mädchen am Tisch mit hochgezogenen Brauen. Unter ihrem Blick wird Lotte klein. »Trotzdem hat er sie durch Marta ersetzt.« Sagt Katharina. Ich höre deutlich den Punkt am Ende des Satzes. Ende der Diskussion. Dabei hätte doch ohnehin keiner widersprochen.

»Kommen Sie am Sonntag zur Finissage«, sagt Katharina noch, ehe sie sich abwendet. »Verabschieden Sie sich vom Mädchen am Tisch. Freuen Sie sich auf die nächste Sonderausstellung.«

Immer öfter kann ich nicht schlafen.

Stille. Leere. Weiße Wände. White Cube.

Ich wünschte, Peter wäre bei mir. Aber Peter hat keine Zeit. Er muss an seinem Buch arbeiten. Und Vorträge vorbereiten. Mein Bett wird immer größer. Von Nacht zu Nacht.

Wenn ich dann doch einschlafe, träume ich von einem irren Farbenrausch. Von viel Gelb. Und Orange. Und ein bisschen Rot.

Wenn ich aufwache, ist wieder alles leer und weiß. Weiß wie Mutters Kittel. Stadtplaner sprechen von gefühltem Leerstand und meinen damit Ecken in der Stadt, in denen die Ladenlokale zwar noch vermietet sind, die sich aber trotzdem leer anfühlen. Weil dort nur noch Ein-Euro-Shops oder Piercingläden angesiedelt sind.

Häufig verlasse ich meine Wohnung, noch ehe es hell wird. Nur um der Leere zu entkommen. Sitze am Bahnhof im Café. Bestelle einen Kaffee nach dem anderen. Schwarz fließt der Kaffee in die Tasse. Die leergetrunkenen Tassen auf dem Tisch vor mir beweisen, dass die Zeit vergeht. »Darf ich jetzt abräumen?«, fragt die Bedienung in taupefarbener Uniform. Ich muss an Manets Darstellungen der Kellnerinnen im Kaffeehaus denken. Die inmitten des Treibens selbstbewusst und aufmerksam dastehen. Auch um sie eine scheinbare Stille oder Leere. Aber eine, die nicht in den Ohren dröhnt.

Ich kann nicht sagen, warum ich zur Finissage gehe. Warum ich mir das antue. Ich stehe lange vor dem Mädchen am Tisch. Lotte bleibt klein. Sie gewinnt ihre Würde nicht zurück. So lange ich auch stehe und starre. Ich versuche, sie mit hochgezogenen Augenbrauen prüfend anzusehen. Es fühlt sich an wie eine Grimasse.

»Was fasziniert Sie so sehr an diesem Bild, Charlotte?« Ich zucke zusammen. Ich habe nicht gehört, wie Katharina den Raum betreten hat. Sie mustert mich. Wahrt dabei den angemessenen Abstand. Nur ihre Worte überschreiten die Grenze: »Das Bild ist doch sterbenslangweilig. Ein verliebtes Mädchen.«

Um Katharina nicht anschauen zu müssen, betrachte ich weiter das Mädchen am Tisch. Und plötzlich sehe ich den Fehler in Lottes Lächeln. Sie ist nicht glücklich, will ich sagen. Sehen Sie denn nicht die Traurigkeit? Will ich fragen. Im rechten Auge? Und im linken Mundwinkel? Will ich schreien. Aber man schreit nicht laut auf im Museum. Und man widerspricht Katharina nicht.

Auch mit Katharinas Lächeln stimmt etwas nicht. Sie sieht nicht mehr mich an.

Ich spüre den unsichtbaren Mann. Drehe mich dorthin, wo Katharina hinlächelt. Peter ist nicht unsichtbar. Er steht genau in unserer Sichtachse. Bemerkt uns trotzdem nicht. Zu versunken ist er in das Bild, das seine Finger malen. Auf den Rücken eines Mädchens. Das Mädchen an Peters Seite wendet den Kopf, lächelt Peter an. Sie ist jung. Jünger noch als ich. Ein gelbes Kleid. Ein blonder Pferdeschwanz. Diese Leichtigkeit. Dieses Lächeln.

In mir dröhnt die weiße Stille.

Mein Blick kreuzt den von Katharina. Sie lächelt triumphierend. Nickt dann anerkennend. Endlich habe ich verstanden.

In meinem Kopf explodieren die Farben.

Füllen die weißen Wände. Den White Cube.

»Verabschieden Sie sich vom Mädchen am Tisch!«, schreie ich. Irgendwo im Gebäude ist ein lautloser Alarm losgegangen, der die Bilder vor zu viel Nähe schützen soll.

Erst als das Sicherheitspersonal auf mich zustürzt. Mich fortreißt vom Mädchen am Tisch.

Erst als ich die Farbe unter meinen Fingernägeln sehe.

Das Gelb.

Das Orange.

Das Rot.

Erst da hebt Peter den Blick.

Schaut mich an. Die Augen weit aufgerissen.

Schaut mich endlich an.

Essen-Rüttenscheid

Der Regen hat aufgehört. Aber meine Füße sind nass von den Pfützen. Ich stehe wieder vor dem Plakat. Im Farbenrausch. Dieses schreiende Rot. Dieses brüllende Orange. Dieses keifende Gelb. Wenn sie doch schweigen würden. Wenn sie endlich schweigen würden. Seid still. Seid doch still. Aber dann würde die Stille in meinem Kopf dröhnen. Würde das Weiß rauschen in meinen Ohren. Weiß. Wie Mutters Kittel. Wie Evas Brautkleid. Wie mein Brautkleid. Ich habe doch immer nur rote Kleider tragen wollen. Selbst wenn ich Mutter, Vater, Eva, Ole und Jonas streiche aus der Geschichte, bleibe doch ich. Mich selbst kann ich nicht rausstreichen aus der Geschichte. Alles, was ich übers Heiraten weiß, alles, was ich über die Ehe weiß, habe ich von Eva gelernt. Alles, was ich über die Liebe weiß, hab ich von Eva gelernt. Stand by your man, hatte Eva lauthals mitgesungen, wenn Tammy Wynette im Radio gespielt wurde.

Ich blicke auf die Uhr. Schon Feierabend. Rita arbeitet noch. Ich bin nur als Halbtagskraft eingestellt. Dabei mag ich doch keine halben Sachen. Ist das Leben nicht auch so schon Kompromiss genug? Sometimes it's hard to be a woman. Giving all your love to just one man.

Wusstest du, fragte ich Eva einmal, dass Tammy Wynette mit siebzehn heiratete und kurz vor der Geburt des dritten gemeinsamen Kindes von ihrem Mann verlassen wurde? Wusstest du, dass sie insgesamt fünfmal verheiratet war, obwohl sie schon mit 55 Jahren starb? Aber Eva drehte nur das Radio lauter. Stand by your man, and show the world you love him. Keep giving all the love you can.

Ich laufe zum Essener Hauptbahnhof. Heute beginne ich mein Leben. Ich kaufe nicht mehr auf dem Rückweg ein. Ich fülle zu Hause keine Wäsche mehr in die Trommel. Ich schütte kein Waschpulver ins Fach. Ich stelle den Drehknopf nicht auf 30 Grad. Starte die Waschmaschine nicht. Ich sauge das Wohnzimmer nicht aus. Ich mache kein Bett. Ich räume keine Kleidung weg. Ich putze kein Gemüse für heute Abend. Hole keine Wäsche aus der Maschine. Kein Trockner. Keine Spülmaschine. Keine Teller, Gläser, Tassen in den Schrank. Keine Messer, Gabeln, Löffel in die Schubladen. Kein Badewasser. Niemand bügelt Jonas' weiße Hemden schön glatt. Ich rufe nicht den Klempner an. Ich bereite kein Abendessen zu. Ich decke nicht den Tisch.

Wenn Jonas um Punkt neunzehn Uhr dreißig die Wohnung betritt, wird nichts bereitstehen. Jonas wird niemandem von der Arbeit erzählen. Jonas mag keine Unregelmäßigkeiten. Jonas mag keine Unregelmäßigkeiten. Jonas mag keine … You'll have bad times, and he'll have good times. Doin' things that you don't understand. Kein Kuss. Kein leises Schnarchen in der Nacht. Heute beginne ich mein Leben. Aber wie beginnt man ein Leben? Alles, was ich über das Leben weiß, habe ich von Eva gelernt.

Von vorne beginnen. Wie bei Stadt-Land-Fluss. Ich buchstabiere leise im Kopf. A … B … C. Eva sagt Stopp. Weil aber keine Eva da ist, die Stopp sagen könnte, laufen die Buchstaben immer wieder durch. A … B … C … D … E … F … G … H … I … J … K … L … M … N … O … P … Q … R … S … T … U … V … W … X … Y … Z … A … B … C … D … E … F … G … H … I … J … K … L … M … N … O … P … Q … R … S … T … U … V … W … X … Y … Z … A … B … C … D … E … F … G … H … I … J … K … L … M … N … O … P … Q … R … S … T … U … V … W … X … Y … Z … A … »Stopp«, sage ich. Laut. Keiner im Bahnhof wundert sich. Keiner im Bahnhof dreht sich um. Blickt auf. Keiner. Die Menschen dicht an dicht. Ich, bloß eine von vielen. Eine von vielen Irren auf dieser Welt.

A also. Wie Anfang. Wie Ausgangspunkt. A wie Abfahrt. Und Ankunft. Fahren von A nach B. Von B nach C. Von C nach D. Zurück nach B. Von B nach C. Nach D. Nach E. E wie Essen. Zurück nach B. Wie Bochum? Auf Gleis 6 wird bald die Regionalbahn einfahren. Schweineexpress hat Rita diese Bahn genannt. Weil man darin zu den Stoßzeiten eingepfercht sei wie in einem Schweinetransporter, sagte sie. Ich bin nie zu den Stoßzeiten mit dem Schweineexpress gefahren. Ich bin immer nur in den Bus nach Hause gestiegen.

Hans im Glück hatte auch ein Schwein. Eva hat mir das Märchen erzählt. Natürlich hat Eva mir das Märchen erzählt. Hans hatte als Lohn für seine Arbeit einen großen Goldklumpen bekommen. Der Klumpen wurde ihm zu schwer, darum tauschte er ihn gegen ein Pferd. Das Pferd tauschte er gegen eine Kuh. Die Kuh gegen ein Schwein. Das Schwein gegen eine Gans. Die Gans gegen einen Wetzstein. Der Wetzstein fiel ihm in den Brunnen. Hans war so froh, von dieser Last befreit zu sein, dass er sehr glücklich nach Hause zu seiner Mutter ging. Ob Hans' Mutter auch in der Frühschicht arbeitete? Ob sie auch dauernd so müde war? Ob Hans sich manchmal wünschte, mit dem Wetzstein in den Brunnen gefallen zu sein?

An Gleis 6 drängen sich die Menschen. Der RE wird in Richtung Hamm fahren. Richtung Schmetterlingshaus. Ob Hans sich auch manchmal gewünscht hat, leicht zu sein wie ein Schmetterling und sich über die Stadt zu erheben und davonzufliegen?

Um dem Gedränge zu entgehen, laufe ich den Bahnsteig entlang bis in die Raucherzone. Abgezirkelt mit einem gelben Kasten. Wer gibt uns das Recht dazu, Menschen in Raucher und Nichtraucher einzuteilen? In Gut und Schlecht?

In der Mittagspause bin ich manchmal hoch auf den Bahnsteig gegangen und habe mir vorgestellt, wie es wäre, einfach abzufahren. A … B … C … A wie abfahren. B wie Bahnsteigsehnsucht. C wie Coffee to go.

Was, wenn es irrt, das A? Wenn Abfahrten keine Anfänge sind? Jede Abfahrt ein Was-wäre-wenn. Jede Abfahrt ein So-tun-als-ob. A wie aber. A wie: aber dann doch wieder nicht. A wie: aber es wäre doch so schön gewesen, wenn. Besonders im Frühling, wenn die Anfänge täuschend echt wirken.

Eva hätte doch auch einfach in einen Zug steigen können. Warum ist Eva nicht einfach in einen Zug …

In der Raucherzone steht eine Frau. Den Coffee to go in der einen, die Zigarette in der anderen Hand. Gepflegte Hände. Mit knallroten Fingernägeln. Souveräne Hände. Ohne den Hauch von Angst.

»Hätten Sie vielleicht auch eine für mich?«, frage ich die Frau. Heute beginne ich mein Leben. Kein Unterschied mehr zwischen Rauchern und Nichtrauchern. Kein Unterschied mehr zwischen mir und der Frau mit den roten Fingernägeln. Ich wollte immer nur rote Kleider tragen.

Die Frau nickt. Klemmt die Zigarette zwischen die Lippen. Zwischen die rotgeschminkten Lippen. Rote Lippen sind was für Flittchen, hat Mutter früher gesagt. Die jetzt frei gewordene Hand hält mir die Zigarettenschachtel hin. Lässt die Schachtel wieder in den Taschen des Trenchcoats verschwinden, nachdem ich zugegriffen habe. Hält die Zigarette für einen tiefen Zug. Wühlt nach einem Feuerzeug. Reicht es mir.

Ich betrachte die Frau jetzt genauer. Sie trägt die Haare locker hochgesteckt. Nachlässig, hätte Mutters hochgezogene Augenbraue dazu gesagt. »Nachlässig«, hat sie gesagt und mich für einen adretten Pagenschnitt zum Friseur geschickt. Ich habe immer nur rote Kleider tragen wollen.

Die Augen der Frau sind ein wenig wässrig. Graublaue Ozeane. Umgeben von kleinen Fältchen. Ein ausgetrocknetes Flussdelta. Wenn sie weint, münden die Ozeane in dieses

Flussdelta. Nein. Es müsste umgekehrt lauten. Es müsste lauten: Das Flussdelta mündet in den Ozean. Ob die Orte, die ein Mensch bereist hat, sich auch in seinem Gesicht widerspiegeln, und Eva und ich haben bloß nicht gewusst, wie man diese Orte lesen kann?

»Was starren Sie denn so?«, fragt die Frau mit den roten Lippen und den roten Fingernägeln.

Ich zucke zusammen. »Entschuldigen Sie. Ich wollte nicht starren. Ich war bloß in Gedanken. Ich habe gerade ans Meer gedacht.«

»Am Meer wäre ich jetzt auch gern.« Die Frau blickt mit ihren Ozeanaugen auf das Grau-in-Grau des Bahnhofs. Am grauen Strand, am grauen Meer, rezitiert Eva in meinem Kopf.

Ich zünde die Zigarette an. Achte darauf, den Rauch nicht einzuatmen. Eva und ich haben früher eine Zeit lang heimlich geraucht. Vater durfte es nicht mitbekommen. Natürlich hat Vater es trotzdem herausgefunden. Vaters Zucken unter dem Auge. Verschwindet, Gedanken! Seid still. Seid doch still.

»Ich liebe das Meer auch«, sage ich. »Dabei war ich noch nie da. Klingt bescheuert, nicht wahr?«

Sie schüttelt so nachdrücklich den Kopf, dass die losen Strähnen, die aus der Hochsteckfrisur entkommen sind, in Bewegung geraten. »Nicht bescheuert«, sagt sie. »Man muss das Meer lieben. Auch dann, wenn man noch nie da war. Ich glaube, Sehnsucht ist nichts anderes als ein geografischer Ort. Es hilft auch nichts, selbst da gewesen zu sein. Wenn ich nicht am Meer bin, sehne ich mich dorthin. Aber wenn ich am Meer bin, sehne ich mich nach den Bergen. Oder nach den Städten. Sehnsucht ist ein geografischer Ort, an dem man niemals ankommen kann. The grass is always greener on the other side.« Sie lächelt und zündet sich noch eine Zigarette an.

Die Bäume, die Wiesen, die Augen nie wieder so grün.

»Sind Sie Dichterin?«, frage ich.

»Nein. Das nun nicht. Reisejournalistin.«

Auf dem anderen Gleis wird der ICE nach Berlin angesagt.

»Mist«, sagt die Frau.

»Wortwahl«, sage ich.

Sie lacht. »Mir ist nur gerade aufgefallen, dass ich mir für die Fahrt nach Berlin keine Zeitschrift gekauft habe.«

Ich halte ihr das Buch hin. Max Pechstein. Eine Biografie.

Ihr Blick fragt: Sind Sie sicher?

»Ich brauch es nicht mehr. Die Expressionisten sind mir zu laut.«

Sie blickt mich ernst an. Ihr Mund mit den roten Lippen sagt: »Sie sollten ernsthaft darüber nachdenken, auch zu schreiben. Wenn Sie das nicht ohnehin schon tun.«

Z wie Zug. Der Zug nach Berlin fährt ein. Die Frau tritt ihre Zigarette aus. Z wie Zigarette. Z wie: zurücktreten.

Ihr Feuerzeug, will ich sagen. Aber da ist die Frau schon mit schnellen Schritten und wehendem Trenchcoat durch die Zugtür verschwunden. Der Zug fährt los. Ich betrachte das Feuerzeug. Asiatische Schriftzeichen. Sehnsucht als geografischer Ort, an dem man niemals ankommt. Reisen von A nach B. A wie: am Arsch der Welt. Der Schweineexpress fährt ein.

A wie: alles auf Anfang. Reset drücken. Noch einmal von vorn. Vielleicht hätte ich eine andere werden können, wenn ich nicht immer nur Eva als Vorbild gehabt hätte. Wenn ich alles, was ich weiß, von jemand anderem gelernt hätte. Ich werde Eva aus der Geschichte streichen. Ich werde Mutter aus der Geschichte streichen. Es wird sie nicht umbringen. Sie sind schon tot. Ich werde sie streichen. Vielleicht, wenn wir nur zu zweit gewesen wären: Vater. Und ich. Keine Eva. Keine Mutter. Vielleicht wäre Vater dann ein anderer gewesen? Vielleicht wäre dann auch ich …

Das Feuerzeug

Fast immer sitzt die Frau schon im Bus, wenn ich einsteige. Ich setze mich auf die andere Seite des Ganges, ein paar Reihen weiter hinten. So kann ich ihr Gesicht sehen, wenn sie den Kopf zur Seite neigt. Sie aber müsste schon ihren Kopf über die Schulter drehen, um zu merken, dass ich sie beobachte. Das tue ich nämlich. Jeden Morgen.

Jeden Morgen hält der Bus aus Richtung Innenstadt an der Lukaskirche. Jeden Morgen steige ich ein. Der Busfahrer will mein Ticket nicht mehr sehen, er kennt mich längst.

Oft sitzt die Frau mit geschlossenen Augen da. Ich weiß aber, dass sie braun sind wie Schokolade. Mit Sprenkeln darin. Wie flüssiger Honig. Die Frau lächelt. Bestimmt denkt sie an einen Mann, der ihr Rosen schenkt und sie leidenschaftlich küsst. Der seine Hand in ihren Haaren vergräbt, in diesen wallenden Haaren, die ich auch so gerne anfassen würde. Haare, wie die der Frauen in der Cosmopolitan.

Ich habe einen Pagenkopf. Meine Chefin findet, wir sollen adrett aussehen. Die Kunden im Reisebüro sollen sich wohlfühlen. Sie sollen Vertrauen haben. Der Kunde ist König. Es hat keinen Sinn, meiner Chefin zu erklären, dass ich das Wort adrett vergeblich in der Cosmopolitan gesucht habe. Am Arsch der Welt tickt die Zeit eben anders.

Manchmal dreht die Frau ihre Haare zusammen und steckt sie mit einer silbernen Spange fest. Nicht wie die Hochsteckfrisur meiner Chefin. Ganz locker, sodass einzelne Strähnen herausrutschen und der Frau ins Gesicht fallen. »Nachlässig«, hat meine Chefin gesagt, als meine Kollegin Melanie einmal mit so einer Frisur zur Arbeit kam.

Mit Sicherheit wohnt die Frau in der Innenstadt. Früher hat sie mal in Paris gelebt. Oder London. Sie hat so ein Flair. Ich liebe das Wort Flair. Es klingt nach der großen weiten

Welt. Und zergeht ganz weich auf der Zunge, wenn man es sagt. Ich würde die Frau gerne bitten, dieses Wort einmal für mich zu sagen. Ich bin sicher, ihre Stimme klingt nach ihren Augen. Schokolade mit Honig darin. Natürlich bitte ich die Frau nicht. Sie würde den Kopf über mich schütteln, sodass ihre wallenden Haare hin und her schwingen.

Jeden Morgen steigt die Frau lange vor mir aus. Schon eine Station, nachdem ich eingestiegen bin. Im Weiterfahren beobachte ich, wie das Knäuel aus Fahrgästen, die ausgestiegen sind, sich entheddert. Vorne laufen die Zielstrebigen und die, die Angst haben vor dem, was hinter ihnen liegt. Hinten laufen die, die Zeit haben, und die, die sich fürchten vor dem, was sie erwartet. In der Mitte laufen die Unentschlossenen.

Die Frau läuft immer ganz vorne. Ängstlich sieht sie nicht aus. Ihr Trenchcoat weht hinter ihr her und um sie herum, und im Gehen steckt sie sich eine Zigarette an. Kein bisschen adrett.

Ich bleibe sitzen im Bus. Auch dann noch, wenn er am großen Möbelhaus links abbiegt. Kurz vor dem Opelwerk, das jetzt geschlossen ist. Ich fahre immer weiter. Bis an den Arsch der Welt und noch ein Stück. An den äußersten Rand der Stadt. Steige erst aus am Arsch vom Arsch der Welt. Ich laufe im sich entheddernden Knäuel ganz hinten. Aber nicht, weil ich zu viel Zeit habe.

Am Abend fährt der Bus zurück in die Innenstadt. Zurück in die Welt. Ich fahre nur bis zur Lukaskirche. Von dort aus laufe ich nach Hause. Die Frau steigt abends nie in den Bus. Wahrscheinlich muss sie lange arbeiten. In der Cosmopolitan stehen viele Artikel über Frauen, die lange arbeiten. Managerinnen, Journalistinnen, PR-Frauen. Über angehende Reiseverkehrskauffrauen steht da nichts.

Wenn ich abends im Bus sitze, stelle ich mir die Frau in einem weitläufigen Büro vor. Wie sie die eleganten Beine übereinanderschlägt und seufzt, weil es draußen schon dunkel ist und sie noch so viele wichtige Dinge zu tun hat. Sie ruft den leidenschaftlichen Mann an, um zu sagen, dass es später werde. Der sagt, dass jede Minute, die er ohne sie verbringen muss, vergeudet sei, und die Frau antwortet: »Das glaubst du doch selbst nicht, du Charmeur.« Aber der Honig flackert in ihren Augen, weil sie weiß, dass es wohl stimmt. Wenn sie dann zu Hause ist, zurück in der Welt, wird sie sich ein Bad einlassen, und der Charmeur bringt ihr ein Glas Wein und küsst sie leidenschaftlich. Wenn ich nach Hause komme, sagt mein Vater: »Deck doch schon mal den Tisch.«

Manchmal sitzt die Frau auch morgens nicht im Bus. Dann hat sie sicher Urlaub und jettet durch die Welt. Nach New York oder in eine andere Metropole für ein verlängertes Wochenende. An einen Traumstrand mit weißem Sand für eine Woche oder mehr. Ich kenne diese Städte und Strände auswendig. Ich kenne die Hotels, die Sehenswürdigkeiten, die Gegenden, in denen man besser nicht absteigt. Ich kenne die Zeitzonen, die Sonnenstunden, die Währungen, die Wassertemperaturen, und ich kann in etwa dreißig Sprachen »Guten Morgen« und »Guten Abend« sagen. Bloß gewesen bin ich noch nirgendwo.

Wenn Kunden aus dem Urlaub zurückkommen, soll ich bei ihnen anrufen und mich erkundigen, ob sie mit unserer Beratung zufrieden waren. Oft frage ich dann viel mehr, als auf dem Fragebogen steht. Ich frage, welche Farbe der Sonnenuntergang hatte, ob man nachts die Grillen zirpen hört, mit welcher U-Bahn man am schnellsten nach Downtown kommt und ob die Menschen lächeln, wenn man sie nach dem Weg fragt. Und die Kunden erzählen. Sie erzählen auch dann weiter, wenn mir keine Fragen mehr einfallen. Und ich merke mir jedes Detail.

Als ich einmal einer Kundin von der wunderbaren Landschaft und den freundlichen Menschen auf Bali erzählte, sagte sie am Ende: »Sie müssen wirklich einen Traumurlaub gehabt haben.« Ich habe ihr nicht widersprochen. Der Kunde ist König.

Manchmal stelle ich mir vor, dass die Frau aus dem Bus in unser Reisebüro kommt und eine Reise buchen möchte. Dann werde ich ihr von meinen liebsten Ländern und Städten vorschwärmen. Sie wird den Kopf schütteln, der Honig in ihren Augen wird leuchten, und sie wird sagen: »Wo Sie schon überall gewesen sind, unglaublich.« Ihr werde ich widersprechen und gestehen, dass ich noch nirgendwo gewesen bin.

Sie wird mich überrascht mustern. Und dann wird sie sagen: »Ich lade Sie ein. Auf eine Weltreise.«

Wir werden zusammen durch die Welt jetten. Und ich werde der Frau alles erzählen, was ich weiß. Von den geografischen Besonderheiten, der politischen Lage in diesem und jenem Land, den kulturellen Eigenarten, der Geschichte und den Zukunftsprognosen, von Künstlern und Wissenschaftlern, die dort gelebt haben. Alles, was ich gelesen habe, in der Geo, im National Geographics, im Spiegel, im art Kunstmagazin, in allem, was ich so in die Finger kriege.

Die Zeit vergeht, die Frau sitzt morgens meistens im Bus, ins Reisebüro kommt sie nie.

Manchmal, wenn ich abends im Bus nach Hause fahre, wünsche ich mir, sitzen bleiben zu können. Weiterzufahren. Stattdessen steige ich an der Lukaskirche aus, laufe nach Hause und decke den Tisch. Ich esse mit meinem Vater und erzähle von meinem Tag. Vater hört aufmerksam zu.

Oft liege ich danach im Bett und betrachte die Wände. Da hängen die schönsten Bilder aus Zeitschriften und Reisekatalogen. Und Postkarten, die uns Kunden geschickt haben. Postkarten, die meine Chefin nur kurz überfliegt und dann in den Müll wirft. Wenn sie nicht hinschaut, fische ich die Karten wieder aus dem Papierkorb, um sie mit nach Hause zu nehmen. Dann gehört auch mir ein postkartengroßes Stück von der großen weiten Welt. Ich habe noch nie eine Postkarte geschrieben. Vom Arsch der Welt gibt es nichts Erwähnenswertes zu berichten.

Immer wenn wir die Kataloge für die neue Saison bekommen, blättere ich sie begierig durch. Leider finde ich nur selten neue Fotos darin. Interessanter sind die Reisemagazine, in denen von Städte- und Fernreisen berichtet wird. Da gibt es immer neue Fotos. Jeder Bericht weiß etwas Neues zu erzählen. Jeder Autor sieht die Welt mit anderen Augen, und mit ihnen darf ich sehen, was ich sonst nie zu Gesicht bekommen werde.

Wenn die neuen Reisemagazine eintreffen, freuen Melanie und ich uns immer besonders auf die Mittagspause. Wir sitzen dann im Hinterzimmer und vergessen, die mitgebrachten Brote zu essen. Vertiefen uns und stoßen uns manchmal gegenseitig an, um auf ein besonders schönes Bild zu zeigen oder einen Satz vorzulesen, der auf der Zunge zergeht.

Einmal sitze ich wieder mit Melanie im Hinterzimmer. Ich lese von Kairo. Von Basaren, vom Duft der Wasserpfeifen, von den Gebetsrufen der Muezzins, die durch die Straßen hallen. Mit der Ausbildung bin ich fast fertig. Zum Abschluss bekommen die Auszubildenden immer einen Reisegutschein. Vielleicht werde ich nach Kairo fliegen. Der Gutschein und das Geld, das ich gespart habe, müssten zusammen reichen dafür. Wenn ich einen billigen Flug kriege und ein günstiges Hotel.

Melanie stößt mich an: »Das hier wäre genau das Richtige für dich.« Sie reicht mir die Zeitschrift. Die Redaktion sucht eine Volontärin. Arbeiten in einer großen Stadt, reisen, endlich selber berichten und die Leser durch meine Augen auf die Welt schauen lassen.

»Vergiss es«, sage ich. »Hast du das Anforderungsprofil gelesen? Man soll was von der Welt gesehen haben.«

Melanie lächelt: »Na und? Du kannst die Orte besser beschreiben als jeder Urlauber, der da war. Es wird keiner merken, dass du eigentlich nur an einem Ort warst.«

»Am Arsch der Welt«, sage ich, und wir müssen so laut lachen, dass unsere Chefin den Kopf zur Tür hereinsteckt und kritisch die Augenbraue hochzieht.

Ich schreibe tatsächlich eine Bewerbung. Aber nur, weil Melanie mich drängt.

»Mehr als schiefgehen kann es ja nicht«, hat sie gesagt.

»Deckst du schon mal den Tisch?«, sagt mein Vater Tage später zu mir. Und: »Übrigens hast du Post.«

Ich decke den Tisch.

Ich esse mit meinem Vater.

Ich erzähle von meinem Tag.

Ich decke den Tisch ab.

Erst danach, erst viel später in meinem Zimmer reiße ich den Umschlag auf, mit zitternden Händen. Eine Einladung zum Bewerbungsgespräch. Das kann nicht sein, denke ich.

»Wusste ich es doch«, sagt Melanie, als ich ihr den Brief zeige. Und: »Du wirst mir fehlen.«

Ich widerspreche ihr nicht. Aber abends im Bus stelle ich mir vor, wie sie mich anschauen werden. Wie ihre Blicke wandern: vom adretten Pagenkopf zu den Händen mit den kurz gefeilten Nägeln. Von den Händen zu den guten Schuhen. Zurück zu den Händen.

Zwischen den Abschlussprüfungen nehme ich einen Tag frei. Morgens warte ich an der Lukaskirche auf den Bus in die andere Richtung. Zum Hauptbahnhof. »Fahrkarte«, blafft der Fahrer, als ich aus Gewohnheit einfach durchgehen will. Aus blauen Augen schaut er mich verärgert an. Reibt sich über die Bartstoppeln. Ich begreife plötzlich, was es heißt, in die Welt zu fahren: Man braucht eine Fahrkarte. Ich wünschte, die Frau säße im Bus.

Am nächsten Tag erzähle ich Melanie vom Vorstellungsgespräch. Drei Ferienziele sollte ich auswählen, um darüber zu schreiben, weil ich keine Arbeitsproben vorzuweisen hatte. Ich wählte Kairo, Bali, New York.

»Und?«, fragt Melanie ungeduldig.

»Es gefiel ihnen«, sage ich.

»Und weiter?«

»Sie haben gesagt, dass ich mir nicht vorstellen kann, was sie von Bewerbern schon vorgelegt bekommen haben«, berichte ich. »Bei manchen, haben sie gesagt, denkt man, sie seien gar nicht da gewesen, wo sie zu sein gewesen behaupten.«

Melanie lächelt, und die Sommersprossen tanzen über ihr Gesicht dabei. »Und weiter?«

»Nichts weiter«, sage ich. »Abwarten.«

Ich warte ab. Ich sitze im Bus und beobachte die Frau. Ich steige am Arsch der Welt aus.

»Schon was gehört?«, fragt Melanie.

»Nichts«, sage ich.

Ich sitze im Bus. Ich steige an der Lukaskirche aus. Ich laufe nach Hause. Ich decke den Tisch und esse mit meinem Vater. Ich erzähle von meinem Tag und decke den Tisch ab. Ich liege auf meinem Bett und träume.

Ich warte ab. Ich mache meinen Abschluss. Ich sitze im Bus und beobachte die Frau.

»Schon was gehört?«, fragt Melanie.
»Nichts«, sage ich.
Ich steige an der Lukaskirche aus. Ich liege auf meinem Bett und träume.

Ich sitze im Bus und beobachte die Frau.
»Schon was gehört?«, fragt Melanie.
»Nichts«, sage ich.
Ich liege auf dem Bett. Ich warte nicht mehr.

Ich sitze im Bus. Schon was gehört? Nichts.
Dann kommt der Brief.
Das kann nicht sein, denke ich, als ich die Zusage lese, das kann nicht sein. Ich bekomme eine Fahrkarte in die Welt. Ich muss nur zusagen. Ich könnte.
»Schon was gehört?«, fragt Melanie.
»Nichts«, sage ich.

Ich bin adrett. Ich trage einen Pagenkopf. Ich habe beim Vorstellungsgespräch gelogen. Ich bin nicht bereit für die Welt. Tagelang halte ich den Mund. Liege nachts wach. Laufe morgens weit hinten im sich entheddernden Knäuel.
Ich bekomme noch einen Brief. Wenn sie nichts von mir hören, müssten sie die Stelle an jemand anderen vergeben, was sie sehr bedauern würden.

Die Frau sitzt schon im Bus, als ich morgens einsteige. Ich setze mich ein paar Reihen weiter hinten auf die andere Seite des Ganges. Ich starre auf den Hinterkopf der Frau. Wenn ich so mutig wäre wie du, denke ich.
Da dreht die Frau den Kopf über die Schulter. Schaut mir direkt in die Augen. Dann steigt sie aus, geht im Knäuel ganz vorne, steckt sich eine Zigarette an und schaut nicht zurück.

Noch in der gleichen Woche sage ich der Redaktion zu, suche mir ein Zimmer, packe meine Sachen, breche auf in die Welt.

»Schreib mir Postkarten«, sagt Melanie. »Von jedem Fleckchen Erde, das du zu sehen bekommst.«

»Schön, dich mal wieder hier zu haben«, sagt mein Vater. »Und Melanie hat mittlerweile das Reisebüro übernommen?«

Ich nicke. »Ich will morgen hinfahren, um zu gratulieren.«

Nach dem Essen liege ich in meinem alten Zimmer auf dem Bett und schaue mir die Wände an, an denen immer noch Bilder aus der ganzen Welt hängen.

Ich nehme das Bild von den Pyramiden ab, weil ich in Kairo mittlerweile gewesen bin. Dann die verknickte Postkarte mit der Statue of Liberty. Dann die Strände von Bali. Ich nehme die Bilder und die Postkarten von all den Orten ab, an denen ich in den letzten Jahren war. Bis die Wände ganz leer sind.

Am Morgen stehe ich an der Lukaskirche. Ich warte auf den Bus, auch wenn ich das Auto hätte nehmen können. Meine langen Haare flattern im Wind. Ich muss sie zusammendrehen und mit einer Spange feststecken.

»Fahrkarte«, sagt der Fahrer, als ich in den Bus steige. Er erkennt mich nicht.

Die Frau sitzt schon im Bus. Ich setze mich ein paar Reihen weiter nach hinten. Etliche graue Strähnen durchziehen jetzt ihr Haar. Ich weiß mittlerweile, dass das Leben in der Welt müde machen kann. Als die Frau aussteigt, trifft ihr Blick kurz den meinen. Ich springe auf, schaffe es gerade noch nach draußen, ehe die Bustür sich schließt. Die Frau läuft ganz vorne. Ich hole schnell auf. Ich bin es gewohnt, schnell zu gehen. Ich folge der Frau bis zu einem Supermarkt. Sie geht durch die Tür. Ich warte draußen und denke an die Einkäufe, die ich in Eile vor der Arbeit getätigt habe, weil ich wusste, dass ich es erst nach Ladenschluss aus der Redaktion schaffen würde. Weil ich wusste, dass Jonas verärgert sein würde, wenn wir keine Milch im Haus hätten. Jonas mag keine Unregelmäßigkeiten.

Jonas' Schritte im Flur.

Ich stecke mir eine Zigarette an. Während ich mein Feuerzeug mit den thailändischen Schriftzeichen betrachte, überlege ich, was ich der Frau sagen werde. Ich bin jetzt genau wie du, könnte ich sagen. Ich drücke die Zigarette aus. Die Frau ist noch immer nicht zurück. Ich betrete den Laden. Die Frau ist nirgendwo zu sehen. Nur eine Verkäuferin, die sich in der kleinen Bäckerei des Supermarktes über die Auslage beugt, um die belegten Brötchen anzuordnen. Sich dann aufrichtet, ihre langen Haare wallen über die Schultern, über die braungraue Bluse. Sie dreht die Haare zusammen und steckt sie mit einer silbernen Spange fest. Dann wendet sie sich mir zu: »Kann ich behilflich sein?«

Ihre Stimme ist wie Kamillentee. Hell und dünn. Eva steht auf dem Namensschildchen, das an ihre Bluse geheftet ist.

Bochum Hauptbahnhof

Wie hätte Vater denn ein anderer werden sollen?, frage ich mich. Wie hätte ich jemals eine andere … Und warum schaffe ich es nicht, Eva abzuschütteln? Warum schaffe ich es nicht, Jonas abzuschütteln? Sie haften an mir wie Klebezettel. Vergiss mich nicht. Bleib, bitte bleib.

»Kann ich Ihnen behilflich sein?«, fragt eine Frau.

Ich blicke auf. Wer weiß, wie lange ich schon hier in Bochum auf dem Bahnsteig stehe.

»Danke«, stottere ich. »Alles in Ordnung.«

Wirklich alles in Ordnung?, fragt der Blick der Frau. »Wirklich alles in Ordnung?«, fragt ihr Mund. Mit einer Stimme, die hell und dünn ist. Wie Kamillentee. Manchmal sagen die Gesichter genau das, was die Münder laut aussprechen. Manchmal kein Widerspruch.

Ich nicke.

»Na, komm schon«, sagt der Mann, der neben ihr steht. »Die will nicht, dass du ihr hilfst. Und ich wollt hier auch keine Wurzeln schlagen. So schön isset im Kohlenpott ja auch nich.« Seine Stimme durchdringend. Kein Kamillentee. Eher eine Schlammlawine. Das Gesicht der Frau verzieht sich. Wie unter Schmerzen. Ob sie die Impressionisten wohl auch mehr liebt als die Expressionisten? Die Impressionisten mit ihren leisen Tönen und sanften Pinselstrichen?

Die Stoßzeit ist vorbei. Der nächste Zug, der einfährt, ist lange nicht mehr so voll. Die Frau und der Mann steigen ein. Kein Paar. Nein. Ganz bestimmt nicht. Ich steige auch ein. Ohne darauf zu achten, wohin der Zug fährt. Was macht es schon für einen Unterschied, ob ich es weiß oder nicht? Ich laufe durch die Wagen und setze mich weit weg von dem Mann und der Frau. Weit außerhalb der Reichweite seiner Stimme.

Ich sitze und starre aus dem Fenster. Das Fenster starrt zurück. Nein. Nein, es ist nicht das Fenster, das zurückstarrt. Es ist der Mann mir schräg gegenüber, der mich über die Spiegelung des Bahnfensters anstarrt, während draußen die Dämmerung einsetzt.

Er soll seinen Blick da wegnehmen. Ich schließe die Augen. Zähle. 1 … 2 … 3 … 4 … 5 … Öffne sie wieder. Der Mann starrt noch immer. Noch immer. Er soll woanders hinstarren. Soll verschwinden.

Die Angst kriecht in meinen Körper. Macht sich breit. Ganz fest schließe ich die Augen. Aber das Ohr hat kein Lid, das man verschließen kann. Ich höre den Atem des Mannes. Sein Räuspern. Höre, wie er die Hände aneinanderreibt. Trockene Haut. Ein Geräusch wie von knitterndem Pergamentpapier. Ich taste in meiner Jackentasche nach dem Feuerzeug. Der Impuls: Die Hand mit dem Feuerzeug ausstrecken. Das Rädchen des Feuerzeugs drehen. Funken schlagen. Das entweichende Gas anzünden. Dem Mann das Feuerzeug ins Gesicht halten. Zusehen, wie das Pergamentpapier sich wellt in der Hitze. Wie es verkohlt.

Ich öffne die Augen. Der Mann starrt mich immer noch an. Wenn ich doch einen Bruder hätte. Ein Bruder könnte mich beschützen. Vaters Schritte im Flur. Komm, flüstert Eva. Komm. Ich krieche hinter ihr her in den Schrank.

»Zugestiegene, die Fahrkarten, bitte«, sagt der Kontrolleur, der plötzlich neben mir steht. Er blickt mich an. Seine Augen, seine Hände, so müde. Ich sehe, wie er in seinem Kopf zu suchen beginnt. Wie er diese und jene Zimmertür öffnet, um die passende Geschichte zu finden, die er mit mir verbindet. »Sie kommen mir bekannt vor«, sagt der Mund des Kontrolleurs, während seine Hände das Ticket des Mannes hin- und herdrehen.

»Sie mir nicht«, sage ich. »Liegt vielleicht daran, dass ich Kontrolleuren sonst immer nur auf die Hände schaue.«

Der Kontrolleur schaut jetzt auch auf seine Hände. So, als käme ihm erst jetzt in den Sinn, wie schutzlos die bloßen Hände Blicken ausgesetzt sind. So, als gehörten die Hände gar nicht zu ihm. Wem gehört die Hand, die man jemandem reicht? Ist sie geschenkt? Oder nur geliehen? Und warum nimmt man eigentlich keine Gebühr für geliehene Ohren – oder wenigstens ein Pfand, um sicherzugehen, dass man das Ohr heil wiederbekommt?

Noch während der Kontrolleur seine Hände betrachtet, renne ich los. »Rosa Hess«, höre ich den Kontrolleur sagen. Eher verwundert als verärgert. Rosa Hess. Ich renne. Den Gang entlang. Durch den Wagen. Bis ans Ende des Zuges. Im Zug davonrennen ist ein bisschen wie sich im Schrank verstecken. Es funktioniert nur, wenn der Verfolger zu müde ist, um zu suchen. Wir spielen ein Spiel, sagt Eva. Wer es länger schafft, keinen Mucks von sich zu geben, hat gewonnen. Schwer atmend lasse ich mich auf einen Sitzplatz in der Ecke sinken.

»Haste die gesehen?«, höre ich eine Stimme dröhnen. »Wie ne bekloppte Irre durch den Zug gerannt.«

Ich bin müde. So müde. Meine Lider senken sich. Rollläden runter. Ich will schlafen. Nur schlafen. Aber die schlammigen Worte dringen an meine Ohren. Drängen in meine Gehörgänge. »Die haben hier wohl alle ne Schraube locker im Kohlenpott.«

»Ich …«, setzt die Frau an. Aber ihr Kamillenteesatz geht unter in der nächsten Schlammlawine.

»Ich weisset ja, du lebst und arbeitest auch hier. Aber das versteh ich ja sowieso nich. Hier ist doch nichts mehr. Die ziehen doch alle weg.«

»Jetzt machen Sie mal einen Punkt …«, setzt sie wieder an, aber er macht ein Ausrufezeichen. Mitten rein in ihren Satz.

»Is doch so! Die ganze Kultur ist doch in Kölle und im restlichen Rheinland.«

»Ach ja?«, sagt sie. »Was ist mit der Ruhrtriennale? Mit der Emscherkunst? Mit dem Museum Folkwang?«

Ich versuche mich an ihren Sätzen hochzuziehen aus dem Schlamm. Ich denke an den Fluss mit E, auf den ich warte. Wenn ich Kinder hätte, würde ich mit ihnen jeden Sommer an der Emscher sitzen und Stadt-Land-Fluss spielen. Eva hätte so gerne Kinder gehabt. Zwei Mädchen und einen Jungen. Ich denke an die Ruhrtriennale. An die Ausstellung, die ich mit Eva zusammen im Kunstmuseum Bochum gesehen habe. Die Buddha-Köpfe. Mit ihrem entspannten Lächeln übers ganze Gesicht. Ob Hans im Glück auch so ein Lächeln im Gesicht hatte, nachdem ihm der Wetzstein in den Brunnen gefallen ist? Ich denke an das Mädchen am Tisch. An die Traurigkeit in ihrem einen Auge. Aber über all das ergießt sich der Schlamm. »Is doch so!«, dröhnt er. »Hier hältet doch keiner mehr aus.«

»Aber das Ruhrgebiet ist Europas größter Ballungsraum …«, setzt sie noch einmal an.

»Ihr müsst doch einsehen, dass ihr keine Kulturressorts mehr braucht hier«, walzt der Mann über sie hinweg. »Da wird dann halt gekürzt. Wenn du über was schreiben willst, was noch lebt, dann musste nach Kölle gehen, nicht nach Essen. Du hast doch nicht einmal eine volle Stelle da bei deiner Zeitung in Essen.« Je lauter er redet, desto mehr hat er recht. Ist recht haben denn steigerbar? Er hat recht, rechter, am rechtesten?

Ich spähe zwischen den Sitzen hindurch. Sehe nur ihre Hände. Hände, die vor Wut zittern. Sehe, wie die Hände etwas in die Tasche auf dem Sitz neben ihr stopfen. Sehe, wie die Tasche kippt. Es poltert, es scheppert. Etwas rollt in meine Richtung, bleibt dann liegen. Ich beuge mich vor. Hebe den Stift auf, der unter meinen Sitz gerollt ist. Ein Kugelschreiber. Abgekaut. Ich will ihn der Frau zurückgeben. Trete in den Gang.

»Als ich noch bei der Zeitung gearbeitet habe, haben die Frauen, die Teilzeitstellen hatten, alle immer voll gearbeitet. Folgsame Nutztiere. Setzt man euch einen Mann vor die Nase, seid ihr glücklich.« Er lacht. Und lacht. Sein Lachen erzeugt eine Eruption. Ich spüre den Boden unter meinen Füßen erzittern. Sehe, wie das Gesicht der Frau Risse bekommt. Wie es zu bröckeln beginnt. Hören Sie doch auf, will ich schreien. Sehen Sie denn nicht, was Sie da tun?

»Ihr Frauen müsst mal mehr Gesicht zeigen«, poltert er. »Ihr seid doch alle nich mündig.«

Ich blicke die Frau an. Tatsächlich. Sie hat keinen Mund mehr. Keine Augen. Keine Nase. Ihr ganzes Gesicht ist runtergebröckelt. Ich muss an die Buddha-Statuen von Bamiyan denken, denen man die Gesichter abgeschlagen hat. Daneben dieser Mann. Mit dem selbstzufriedenen Ausdruck im Gesicht. Hab ich nicht recht, sagt das Gesicht. Ohne Fragezeichen. Hab ich nicht recht. Die Haut ocker-beige. Die Haare taupefarben. Undefinierbar bräunlich-grau. Spärlich geworden. Der braune Wollpulli. Die braune Kordhose. Braun, braun, braun sind alle meine Kleider … Ich habe immer nur rote Kleider tragen wollen.

Ich mache ein paar Schritte auf den Mann zu. Strecke der Frau das Feuerzeug hin. Ich möchte sehen, wie sie das Rädchen dreht. Den Pulli in Brand setzt. Wie der Mann langsam Feuer fängt. Anfängt zu braten und zu garen. Wie ein fettes Grillhähnchen.

»Für Sie«, sage ich zu der Frau. Wenn sie noch ein Gesicht hätte, würde sie wahrscheinlich fragend schauen.

Er lacht wieder ein schallendes Lachen. Der Boden unter den Füßen erzittert. Meine Hände zittern. »Ich hab doch gesagt, die is nich ganz gescheit.« Seine Worte ergießen sich weiter schmutzig-ocker-braun-grau ins Abteil. Über die Sitze. Den Fußboden. Knietief stehe ich schon in der stinkenden, zähfließenden Brühe.

»Schwein«, zischt es zwischen meinen Zähnen hervor.

»Früher hätte es das nicht gegeben.« Wieder eine Schlammlawine. Er lacht. Wieder eine Eruption.

»Schauen Sie mich wenigstens an, wenn Sie mit mir reden«, zische ich. Habe eine Stimme. Bin selbst erstaunt. Habe eine Stimme.

»Du schau dich mal lieber selber an.« Er schaut mich weiterhin nicht an. Nur die Frau neben ihm. Hab ich nicht recht, sagt sein Blick wieder. Hab ich nicht recht. Sein Mund sagt: »Früher hatten solche Frauen Männer, die ihnen Anstand beigebracht haben. Heute ist es gleich häusliche Gewalt, wenn einem Vater oder einem Ehemann mal die Hand ausrutscht. Die da, die gehört auch mal gründlich …«

Das Zucken unter Vaters Auge.

Das Zucken unter Jonas' Auge.

Das Zucken unter meinem Auge.

Erst als ich den erschrockenen Blick der Frau wahrnehme, die plötzlich wieder ein Gesicht hat, erst als ich den erschrockenen Blick des Mannes wahrnehme, der mich jetzt anschaut, der mich jetzt endlich anschaut, da erst sehe ich es rot unter meiner geballten Faust heraussickern, in der ich immer noch den abgekauten Kugelschreiber halte. Rot, rot, rot sind alle meine Kleider. Rot leuchtet die Notbremse, auf die die Frau zustürzt. Sie streckt die Hände aus. Greift. Reißt. Es gibt einen Ruck. Eine Eruption. Ich stürze. Stoße mich.

Irgendwo vorn im Fahrerhäuschen ist ein lautloser Alarm losgegangen.

Der Kugelschreiber

Jeden Morgen stehe ich vor dem Badezimmerspiegel und male mir ein Gesicht. Auge, Auge, Nase, Mund. Ich male es sorgfältig aus. Mit Puder Nase und Wangen, Stirn und Kinn. Mit Lippenstift den Mund. Mit Lidschatten und Wimperntusche die Augen. Ich schaue mir lange in die Spiegelbildaugen. Präge mir alles genau ein.

Unterwegs in die Redaktion versuche ich, mein Gesicht zu fixieren. Im Spiegel der Bahnfenster. Die Doppelverglasung malt mir Augenringe. Damit könnte ich leben. Doch schon in der Morgendämmerung verblasst das Gesicht. Nach und nach. Bis nichts davon übrig ist.

Die Bedienung im Bahnhofscafé blickt bereits ins Leere, als sie mir meinen Coffee to go über die Theke reicht. Wie soll man ohne Mund Kaffee trinken?

Meine Hände verblassen nicht. Sie bleiben beim Tippen ständig im Blickfeld, weil ich nie ein Zehnfingersystem gelernt habe. Kurz blicke ich auf den Bildschirm. Zwei oder drei Worte lang finden die Finger die Tasten blind. Dazwischen senke ich den Blick, suche schnell den nächsten Buchstaben. Von da aus geht es wieder zwei oder drei Worte lang gut. Manchmal mehr. Manchmal weniger. Wenn jemand zuschaut, verlieren die Finger vollends die Orientierung, tasten blind, treffen daneben.

»Lernen Sie endlich mal anständig tippen«, sagt die Kulturredakteurin, während sie mir beim Tippen über die Schulter schaut. »So bringen Sie es nie zu etwas.«

Mir fehlt mein Gesicht. Ich habe mein Gesicht verloren.

»Nehmen Sie sich nicht so zu Herzen, was die sagt«, flüstert mir der Chefredakteur bei der Redaktionssitzung zu, während ich mit dem Kugelschreiber Gesichter auf den Notizblock male. »Die hat bloß Angst, dass eine junge, talentierte Frau wie Sie ihr den Posten streitig macht.«

Als ich schweige, weil ich ohne Mund nicht antworten kann, fügt er hinzu: »Aber, aber … Nun schauen Sie doch nicht so.«

So schauen? Ja, wie denn, denke ich. Versuche, mich an mein Gesicht zu erinnern. Daran, wie es aussah, als ich es heute Morgen mit soviel Sorgfalt vor dem Spiegel gemalt habe. Versuche, meine Erinnerung auf dem Notizblock zu skizzieren. Auge, Auge, Nase, Mund. Doch auf dem Papier wird alles abstrakt. Punkt, Punkt, Komma, Strich. So sehr ich mich auch anstrenge: Zu mehr reicht es nicht.

Weil der Chefredakteur immer noch erwartungsvoll schaut, setze ich schnell ein falsches Lächeln auf.

Er nickt zufrieden.

»Der Alte ist ja drauf«, bemerkt die Kulturredakteurin später über den Chefredakteur. »Erlebt wohl einen zweiten Frühling.«

Es ist fast unmöglich, ohne Gesicht ein Lächeln zu halten. Es schwebt lose im Rahmen meiner Haare, droht dauernd zu verrutschen.

»Grinsen Sie nicht so schief«, sagt die Kulturredakteurin. »Haben Sie was mit dem Alten, oder was? Meinen Sie, das bringt Ihnen Pluspunkte ein, Mona Lisa?«

Seit sie weiß, dass ich meine Abschlussarbeit an der Uni über die Mona Lisa geschrieben habe, nennt sie mich manchmal so. Sie findet es wohl originell. Vielleicht will sie mich auch bloß demütigen. Mein Lächeln fällt. Zurück bleibt Leere.

Bevor ich am Abend die Redaktion verlasse, ziehe ich mich in den Toilettenraum zurück. In diesen Raum ohne Spiegel. Ich hocke mich auf den Klodeckel. Lege den Kopf in die Hände. Blind tasten meine Finger. Tasten, ob da noch etwas ist, das irgendwen stören könnte. Ertasten Feuchtigkeit. Ich tupfe die Tränen mit Klopapier ab. Um zu wahren, was ich schon längst nicht mehr habe.

»Bis Morgen«, ruft mir die Kulturredakteurin hinterher. »Schönen Feierabend, Mona Lisa.«

Sie kann nicht ahnen, dass Ole mich Mona Lisa genannt hat.

»Nun schauen Sie doch nicht so«, sagt der Kontrolleur, als ich ihm Ticket und Ausweis reiche. Er schenkt mir ein aufmunterndes Lächeln. Wem gehört ein Lächeln, das man schenkt? Dem Schenkenden oder dem Beschenkten? Ich versuche es aufzusetzen.

»Na also«, sagt er. Reicht mir Ticket und Ausweis zurück. »Jetzt erkenne ich Sie auch auf dem Foto wieder.«

Ich betrachte das Gesicht auf dem Ausweis. War das wirklich mal meins?

Ich steige aus. Es beginnt zu regnen. Mein Schirm liegt noch in der Redaktion. Da liegt er gut, würde die Kulturredakteurin sagen. Und: Zum Glück ist der Kopf angewachsen. Der Kopf schon, denke ich. Aber das Gesicht …

Tropfnass stehe ich dann in der Diele.

»Wie siehst du denn aus?«, sagt Ole. Blickt mich an. Plötzlich habe ich wieder ein Gesicht. Kann es sehen, gespiegelt in diesem Blick. Es ist nicht mehr das Fotogesicht. Ich kann fühlen, wie die Schatten unter den Augen dunkler werden. Wie sich knisternd Fältchen um die Augen bilden.

Prüfend mustert mich Oles Blick. Streift mich. »Harter Tag?«

Ich merke, wie auch mein restlicher Körper sich unter Oles Blick verändert. Wie mir dicke Nilpferdbeine wachsen. Schweinefüße. Affenarme.

»Du«, sagt Ole. Du. Nicht Mona Lisa. »Ach, du. Siehst aus wie ein Schluck Wasser in der Kurve.«

Da verflüssige ich mich. Bis ich nur noch eine Pfütze auf dem Boden bilde. Dort bleibe ich den Rest des Abends. Verlaufe mich langsam. Verkrieche mich in die Ecken.

Am nächsten Morgen vor dem Badezimmerspiegel male ich wieder ein Gesicht: Auge, Auge, Nase, Mund. Schaue prüfend in die Spiegelbildaugen. Sie weichen aus. »Du«, sage ich. »Ach, du.«

Unterwegs in die Redaktion beginnt mein Gesicht wieder zu verschwinden. Heute verblasst es nicht. Es bröckelt. Rieselt herab. Ich denke an die Buddha-Köpfe, die Ole und ich zur Ruhrtriennale im Kunstmuseum gesehen haben. An ihr Lächeln. Das ihr ganzes Gesicht ausfüllte. Das ist Glückseligkeit, habe ich gedacht. Und mir ihr Lächeln gestohlen. Ich denke an die Buddha-Statuen von Bamiyan, über die ich im Studium gelesen habe. Daran, dass man ihnen Gesicht und Hände zerschlug. Ich habe zumindest meine Hände noch. Auch wenn sie kein Zehnfingersystem beherrschen.

»Guten Morgen, Mona Lisa«, sagt die Kulturredakteurin. Immerhin hat sie einen Namen für mich. Immerhin habe ich einen Namen. Aber Mona Lisa … Ihr weltberühmtes Lächeln hat einen Schönheitsfehler. Das linke Auge ist traurig. Das übersehen bloß die meisten. Auch ich habe das lange übersehen.

Ich schaue die Kulturredakteurin ganz genau an. Angst, hat der Chefredakteur gesagt. Kann ich diese Angst in ihren Augen sehen? Eine Angst, die Tag für Tag wächst, mit jeder Lokalredaktion, die schließt, mit jedem Mitarbeiter, der den Schreibtisch räumt? Ich könnte sie sogar verstehen. Die Angst, abgelegt zu werden. Ersetzbar zu sein. Ich könnte sie verstehen. Wenn ich die Kulturredakteurin lange und genau genug ansehe, kann ich vielleicht sehen, wie ihr Gesicht zu bröckeln beginnt. Vielleicht kann ich sehen, dass ihr Lächeln nur angeklebt …

Es ist richtig, Angst zu haben. Es ist richtig, jederzeit Angst zu haben.

»Du«, hat Ole neulich beim Abendessen zu mir gesagt. Du. Nicht Mona Lisa. Er guckte an mir vorbei. Auf die Wand. Und ich habe nicht begriffen. Er hätte mir die Ohren abschlagen sollen, damit ich nicht hören musste, was er mir zu sagen hat. Er hätte. Und ich hätte. Hätte besser hinsehen müssen. Dann hätte ich vielleicht …

»Neulich«, sagte Ole. »Neulich Nacht, als ich nicht nach Hause gekommen war …«

Und ich habe immer noch nicht. Ich habe Ole angesehen. Der immer noch an mir vorbei. An die Wand. An mir vorbei.

Oles Stimme war ganz leise, als er gesagt hat: »In dieser Nacht hab ich mich mit einer anderen …«

Der Blick. Immer noch. An mir vorbei. An die Wand. Da erst hab ich die Traurigkeit in seinen Augen gesehen, die das Grün verdunkelte. Nein, er hat mir nicht die Ohren abgeschlagen. Nur das Buddha-Lächeln aus dem Gesicht. Mit diesem Satz, den ich nicht habe kommen sehen. Aber die Hände hat er mir gelassen. Hände, die blind nach den seinen tasten.

Mülheim an der Ruhr

Ich sitze in einem kargen Raum. Ein Tisch. Zwei Stühle. Die Wände weiß. Weiß wie Evas Brautkleid. Weiß wie mein Brautkleid. Ich will mich hineingleiten lassen in dieses Weiß.

»Können Sie mir noch einmal beschreiben, was da im Zug passiert ist?«, fragt der Beamte mir gegenüber. Er schaut durchdringend. Nimm deinen Blick da weg, denke ich. Erkläre noch einmal, dass ich der Frau den Kugelschreiber zurückgeben wollte. Der Zug dann plötzlich bremste. Ich stolperte. Auf den Mann fiel. Und sich dann, ich weiß nicht, wie, der Kugelschreiber in seinen Arm bohrte.

Der Beamte nickt und notiert. Nickt und notiert.

»Das deckt sich soweit mit den Aussagen der anderen Frau«, sagt er zu seinem Kollegen. »Die gibt allerdings noch an, dass sie die Notbremse gezogen hat.«

Dann hat sie also nicht ausgesagt, dass ich den Kugelschreiber schon vorher in den Arm des Mannes gebohrt habe?, will ich fragen. Aber ich bin lange genug mit Jonas verheiratet, um zu wissen, welche Fragen man besser nicht stellt.

»Warum hat sie die Notbremse gezogen?«, frage ich stattdessen.

Der Beamte zuckt mit den Schultern. »Der Typ hat sie wohl irgendwie bedrängt. Und er behauptet jetzt natürlich, Sie hätten ihn absichtlich attackiert.«

»Solche Schwerenöter kennt man ja«, sagt der andere Beamte. »Da wäre aber noch etwas«, sagt er. »Der Kontrolleur sagte aus, er hätte Sie schon früher am Tag verwarnen müssen, weil Sie ohne Ticket und Ausweis unterwegs waren …«

Rita macht große Augen, als ich mit Polizei im Bahnhofscafé auftauche. »Was ist passiert?«, fragt sie. »Wo warst du heute Morgen denn auf einmal?«

Ich zucke nur mit den Schultern, während ich aus dem Hinterzimmer meine Tasche mit den Ausweispapieren hole.

»Ich hab mir Sorgen gemacht«, sagt sie. »Den hier hast du liegenlassen«, sagt sie und hält mir den Trauring unter die Nase. Den schmalen, goldenen Reif.

Der Ehering

Montag.

Weckerklingeln. Früh aufstehen. Zähneputzen. Katzenwäsche. Schwarz tropft der Kaffee in die Kanne. Ich decke den Tisch. Teller, Messer, Löffel, Butter, Käse, Tasse, Milch. Ich schiebe das Toastbrot in den Toaster. Wenn Jonas die Zähne geputzt und die Krawatte zurechtgerückt hat, wenn er die Küche betritt, wird alles bereit sein. Der Tisch, der Teller, das Messer, der Löffel, die Butter, der Käse, die Tasse, die Milch, das Toastbrot, der Kaffee.

Das Toastbrot ist pünktlich fertig. Gerade als Jonas die Küche betritt. Ich gieße pünktlich den Kaffee ein. Gerade als Jonas den Stuhl zurückzieht, um sich zu setzen. Ich habe die Milch bereitgestellt. Jonas trinkt seinen Kaffee immer mit Milch. Ich habe die Zeitung bereitgelegt. Jonas schmiert das Toastbrot. Schmiert. Beißt. Kaut. Schluckt.

Punkt sieben Uhr dreißig rückt Jonas den Stuhl nach hinten. Sieht mich kurz an. Gibt mir einen flüchtigen Kuss auf die Stirn. Als Jonas die Küche verlässt, bin ich schon dabei, den Tisch abzudecken. Ein Sonnenstrahl verirrt sich durch das Küchenfenster.

Komm, hat Eva in den Sommerferien manchmal zu mir gesagt. Wir räumen schnell ab und fahren dann zur Ruhr. An der Ruhr haben wir Stadt-Land-Fluss gespielt. Aber weil ich alle Städte, Länder und Flüsse nur durch Eva kannte, hatten wir immer die gleiche Punktzahl. Wenn wir noch einen Bruder hätten …, habe ich einmal zu Eva gesagt. Du kannst alles haben und sein, was du willst, hat Eva geantwortet. Du musst nur die Augen zumachen, und alles ist da.

Ich wasche mir die Haare. Ich föne sie. Ich schminke mir ein Gesicht. Ich schlüpfe aus dem Morgenmantel. Ich ziehe meine taupefarbene Uniform an. Ich streife die Schuhe über. Ich nehme den Müll mit runter. Ich steige in den Bus. Ich fahre zum Bahnhof. Ich begrüße Rita im Bahnhofscafé. Ich trete meinen Halbtagsjob an. Wie jeden Morgen.

An guten Tagen, wie heute, lese ich den Kunden ihre Wünsche von den Gesichtern ab. Das junge Mädchen mit dem rundlichen Gesicht: ein Donut mit Streuseln. Ich weiß es, bevor sie es ausspricht. Erst sagt es ihr Gesicht. Dann sagt es ihr Mund. Der Mann mit den lächelnden Augen: Ein Baguette, s'il vous plaît. Eigentlich sagt er »bitte«. Aber seine Augen. Seine Augen sprechen Französisch. »Voilà« reiche ich ihm das Baguette über die Theke. Als er sagt »Merci beaucoup«, lächelt auch sein Mund. Er hat so ein Flair. Eva liebte das Wort Flair und alles Französische. Und ich träume. Träume einen Moment. Paris. Amour. La tour Eiffel.

»Einen Kaffee, bitte. Schwarz«, sagt die Frau mit den braunen Augen. Ich hätte es gewusst, wenn ich nicht abgelenkt gewesen wäre. Ich hätte es gewusst, weil sie die gleichen Augen hat wie Eva. Die gleichen Augen wie meine Schwester.

Von Eva habe ich gelernt, in Gesichtern zu lesen. Nachmittags, wenn wir nach der Schule noch nicht nach Hause wollten, haben wir uns in die Bahn oder den Bus gesetzt und Menschen beobachtet. Wir haben überlegt, warum der Mann mit dem traurigen Lächeln im Gesicht nicht schlafen kann. Wir lasen es ab an den Kratern, den Schatten, den Augenringen seiner durchwachten Nächte. Egal wo Eva mit mir hingegangen ist, beobachteten wir Gesichter.

Was stimmt nicht mit dem Lächeln?, fragte Eva, als wir im Museum vor einem Bild mit einem bunten Mädchen standen. Und wenn ich lange genug hingeschaut hatte, sah ich, was Eva meinte. Entdeckte die Traurigkeit im rechten Auge und im linken Mundwinkel. Überall konnten wir Gesichter entdecken. Auf den Flügeln des Tagpfauenauges im Schmetterlingshaus in Hamm. Abends, wenn wir nicht schlafen konnten, haben wir in den Rissen an den Wänden nach Gesichtern gesucht. Und der Mond mit seinem müden Lächeln im Gesicht sagte: Hab keine Angst. Hab keine Angst, flüsterte Eva mir zu, aber die Angst ließ sich nicht immer verscheuchen.

Auf dem Rückweg kaufe ich ein. Zu Hause fülle ich Wäsche in die Trommel. Jonas' weiße Hemden. Ich schütte Waschpulver ins Fach. Backpulver und einen Teelöffel Salz zusätzlich ins Pulverfach macht Wäsche strahlend weiß. Auch das habe ich von Eva gelernt. Ich stelle den Drehknopf auf 30 Grad. Ich starte die Maschine. Ich sauge das Wohnzimmer aus. Ich mache das Bett. Ich räume Jonas' Kleidung von gestern weg. Die Socken sind auf links gedreht. Ich stülpe sie um, ehe ich sie in den Wäschekorb werfe. Eva und ich haben manchmal mit unseren Playmobilmännchen im Dschungel aus Kleidern, die in unserem Kinderzimmer auf dem Boden lagen, Expedition gespielt. Ich stelle die Spülmaschine an. Ich beginne, das Gemüse für heute Abend zu putzen und klein zu schneiden. Ich hole die Wäsche aus der Maschine. Ich packe Jonas' weiße Hemden in den Trockner. Ich stelle den Trockner an. Ich räume die Spülmaschine aus. Die Teller, die Gläser, die Tassen in den Schrank. Die Messer, die Gabeln, die Löffel in die Schubladen. Ich hole Jonas' weiße Hemden aus dem Trockner. Ich lasse Badewasser einlaufen. Währenddessen bügle ich Jonas' weiße Hemden. Alle schön glatt. Jonas mag keine Knitterfalten. Ich hänge die Hemden in den Schrank. Ich schlüpfe aus der Uniform. Ich gieße Milch in die Badewanne. Wie Eva. Milch für schöne, zarte Haut. Ich lasse mich in das warme Wasser gleiten. Denke an die Ruhr im Sommer. Erst hatte ich Angst vor dem Wasser. Dir kann nichts passieren, hatte Eva gesagt. Du musst nur deine Arme und Beine bewegen. Guck. Mach es wie ich. Ich machte es wie Eva. Das Wasser trug mich. Eva wusste immer, wie alles geht. Wenn ein Boot vorbeifährt, bis du bis hundert gezählt hast, dann wird dein Wunsch wahr, sagte Eva. Der Hahn tropft. Ich muss dringend daran denken, den Klempner anzurufen. Morgen. In der Nachbarwohnung fällt die Tür ins Schloss. Der Student, der nebenan wohnt, ist nach Hause gekommen. Er dreht die Musik auf. Ich höre Bässe wummern. Ich steige aus der Badewanne. Ich trockne mich ab. Ich creme mich ein. In der Küche bereite ich das Abendessen zu. Ich decke den Tisch. Zwei Teller, zwei Messer, zwei Gabeln, zwei Servietten, zwei Gläser, Pfeffermühle, Salzstreuer, Topfuntersetzer.

Als Jonas um Punkt neunzehn Uhr dreißig die Wohnung betritt, steht alles bereit. Wir essen. Jonas erzählt von der Arbeit. Ich höre zu. Ich sehe ganz genau hin. Ein leichtes Zucken unter Jonas' rechtem Auge. Der Tag war anstrengend. Bloß keine falschen Fragen stellen.

Punkt neunzehn Uhr achtundfünfzig schiebt Jonas den Stuhl nach hinten. Punkt neunzehn Uhr neunundfünfzig sitzt Jonas im Wohnzimmer vor dem Fernseher. Punkt zwanzig Uhr beginnt die Tagesschau. Ich decke den Tisch ab. Ich räume die Reste in den Kühlschrank. Ich räume Teller, Gläser, Messer, Gabeln in die Spülmaschine. Ich wische den Tisch ab. Ich spüle Pfanne und Töpfe. Punkt zwanzig Uhr fünfzehn setze ich mich zu Jonas ins Wohnzimmer vor den Fernseher.

Zähne putzen. Gesicht abschminken. Nachthemd anziehen. Ein flüchtiger Kuss auf die Stirn.

Punkt dreiundzwanzig Uhr beginnt Jonas neben mir leise zu schnarchen. Morgen beginne ich mein Leben.

Dienstag.

Weckerklingeln. Früh aufstehen. Zähneputzen. Katzenwäsche. Schwarz tropft der Kaffee in die Kanne. Schwarz wie Eva ihn liebte. Schwarz wie die Nacht, durch die unsere Mutter zur Frühschicht fuhr. Ich decke den Tisch wie jeden

Morgen. Teller, Messer, Löffel, Butter, Käse, Tasse, Milch. Das Toastbrot in den Toaster. Eva hat mir beigebracht, Frühstück zu machen. Denn beim Klingeln unseres Weckers war Mutter immer längst aus dem Haus. Wenn Jonas die Zähne geputzt und die Krawatte zurechtgezogen hat, wenn er die Küche betritt, wird alles bereit sein. Das Toastbrot springt pünktlich aus dem Toaster, als Jonas die Küche betritt. Der Kaffee fließt geflissentlich. Die Milch steht bereit zum Appell. Das Toastbrot hält artig still. Die Zeitung wartet geduldig. Der Stuhl macht bereitwillig Platz. Ein kurzer Blick. Ein flüchtiger Kuss. Als Jonas die Küche verlässt.

Ich decke den Tisch ab. Wasche und föne die Haare. Schminke ein Gesicht. Schlüpfe aus dem Morgenmantel. In die Uniform. In die Schuhe. Bringe den Müll runter. Steige in den Bus. Zum Bahnhof. Mein Tag beginnt.

Sie mögen es nicht, wenn man zu offensichtlich in ihren Gesichtern liest. Das hab ich von Eva gelernt. Sie wünschen sich, unvorhersehbar zu sein. Und gleichzeitig: verstanden zu werden. An guten Tagen kriege ich den Spagat hin. Erkenne, was sie wollen. Erst sagen es ihre Gesichter. Dann erst sagen es die Münder. Ein Blick auf die Nachtschatten unter ihren Augen, und ich weiß es: Milchkaffee. Groß. Eva und ich konnten an den Nachtschatten unter Mutters Augen ablesen, wie kurz die Nacht gewesen war. Mutter mit der müden Haube und den müden Händen. Mutter mit den müden Augen. Die Leere dahinter. Wie die Fenster eines Hauses, in dem schon lange keiner mehr wohnt.

Rückweg. Ich kaufe ein. Zu Hause. Wäsche in die Trommel. Jonas' schwarze Socken. Waschpulver. Drehknopf. 30 Grad. Maschine starten. Sauge das Wohnzimmer. Mache das Bett. Räume Jonas' Kleidung weg. Stülpe die Socken um. Stelle die Spülmaschine an. Beginne, das Gemüse zu putzen. Hole die Wäsche aus der Maschine. Packe Jonas' schwarze Socken in den Trockner. Stelle den Trockner an.

Räume die Spülmaschine aus. Teller, Gläser, Tassen in den Schrank. Messer, Gabeln, Löffel in die Schubladen. Hole Jonas' schwarze Socken aus dem Trockner. Lasse Badewasser einlaufen. Rolle Jonas' schwarze Socken paarweise zusammen. Einer fehlt. Jonas mag keine Unregelmäßigkeiten. Alles, was ich weiß, habe ich von Eva gelernt. Alles, was ich über Jonas weiß, habe ich von Eva gelernt. Eva hatte immer auf alles eine Antwort. Eva sprang ins Wasser und ich hinterher. Eva verkroch sich im Schrank und ich hinterher. Ich räume die Socken in den Schrank. Raus aus der Uniform. Milch. Rein in das warme Wasser. Der Hahn tropft. Den Klempner vergessen. Die Bässe wummern. Steige aus der Badewanne. Trockne mich ab. Creme mich ein. Bereite das Abendessen. Decke den Tisch.

Als Jonas um Punkt neunzehn Uhr dreißig die Wohnung betritt, steht alles bereit. Wir essen. Jonas erzählt. Ich höre zu. Punkt neunzehn Uhr achtundfünfzig macht der Stuhl bereitwillig Platz. Punkt neunzehn Uhr neunundfünfzig sitzt Jonas im Wohnzimmer vor dem Fernseher. Punkt zwanzig Uhr beginnt der Fernseher, Jonas von der Welt zu erzählen. Keine ungewöhnlichen Geschehnisse, Revolutionen, Kriege, Reformen. Jonas mag keine Unregelmäßigkeiten. Ich decke den Tisch ab. Reste in den Kühlschrank. Teller, Gläser, Messer, Gabeln in die Spülmaschine. Wische den Tisch ab. Spüle Pfanne und Töpfe. Punkt zwanzig Uhr fünfzehn zu Jonas ins Wohnzimmer.

Zähne putzen. Gesicht abschminken. Nachthemd anziehen. Ein flüchtiger Kuss.

Punkt dreiundzwanzig Uhr beginnt Jonas leise zu schnarchen. Morgen beginne ich mein Leben.

Mittwoch.

Wecker klingeln früh aufstehen Zähne putzen Katzenwäsche. Schwarz tropft der Kaffee in die Kanne. Tiefschwarz. Teller, Messer, Löffel, Butter, Käse, Tasse, Milch, Toastbrot, Zähne, Krawatte, bereit. Als Jonas die Küche betritt. Die Zeitung wartet ungeduldig. Will erzählen, was vorgeht in der Welt da draußen.

»Du hast den Klempner nicht angerufen.« Sagt Jonas. Die Milch steht bereit zum Appell. Der Kaffee wartet tiefschwarz. Wenn Jonas verärgert ist, schüttet er etwas mehr Milch in den Kaffee. Der Streit muss nicht ausbrechen. Der Streit bricht nicht immer aus. Aber je heller der Kaffee, desto höher die Wahrscheinlichkeit, je heller der Kaffee, desto höher die Wahrscheinlichkeit. Die Zeitung, der Stuhl, der Blick, der Kuss. Ein Aufatmen, als Jonas die Küche verlässt. Ein Aufatmen, wenn in Vaters Gesicht kein Unmut abzulesen war. Hab keine Angst. Hab keine Angst. Hab keine … Der Tisch, die Haare, das Gesicht. Eva hat mir beigebracht, wie ich mir ein Gesicht schminke. Auge, Auge, Nase, Mund. Wie ich die Spuren von Vaters Wut überschminken konnte, wenn er uns das Lächeln aus dem Gesicht geprügelt hatte. Der Morgenmantel, die Uniform, die Schuhe, der Müll, der Bus, das Café. Als Eva von zu Hause auszog, um ihre Lehrstelle anzutreten, ging ich mit ihr mit. Als Eva mir eine Lehrstelle in der gleichen Bäckerei organisierte, nahm ich sie an. Von Eva habe ich alles gelernt. Von Eva habe ich alles gelernt. Von Eva habe ich gelernt, Stimmungen in Gesichtern zu lesen. Das Zucken unter Vaters linkem Auge, wenn er gereizt war. Von Eva habe ich gelernt, den Kunden die Wünsche aus den Gesichtern abzulesen.

Die Frau in den mittleren Jahren. Das Kind auf dem Arm. Es hat doch noch geklappt, weiß ich mit einem Blick in ihre Augen. Es hat doch noch geklappt. Nach verzweifelten Versuchen. Nach Jahren des Hoffens.

»Ein Dinkelbrötchen, bitte.« Sagt der Mund der Mutter. Ein Schokobrötchen. Sagt das Gesicht des Kindes. Die Mutter hört es nicht. Die Mutter schaut mich unfreundlich an. Was geht Sie das an, fragen ihre Augen harsch und ohne Fragezeichen.

Die Wäsche, das Waschpulver, der Drehknopf. Das Wohnzimmer, das Bett, die Kleidung, die Socken auf links. Die Spülmaschine, das Gemüse, die Wäsche, der Trockner, die Spülmaschine, die Teller, die Gläser, die Tassen, die Messer, die Gabeln, die Löffel, das Badewasser, der Klempner! Sie rufen außerhalb unserer Geschäftszeiten an. Raus aus der Uniform. Rein in das warme Wasser mit Milch. Der Hahn tropft. Tropft. Tropft. Tropft. Die Bässe wummern. Wummern. Wummern. Steigen, trocknen, cremen. Teller, Messer, Gabeln, Servietten, Gläser, Pfeffermühle, Salzstreuer, Topfuntersetzer. Ich.

Punkt neunzehn Uhr dreißig. Jonas betritt die Wohnung. Punkt neunzehn Uhr achtundfünfzig. Stuhl rücken. Punkt neunzehn Uhr neunundfünfzig. Jonas im Wohnzimmer. Punkt zwanzig Uhr beginnt der Fernseher, Jonas von der Welt zu erzählen. Keine ungewöhnlichen Geschehnisse, Revolutionen, Kriege, Reformen. Punkt zwanzig Uhr fünfzehn zu Jonas ins Wohnzimmer.

Zähne. Gesicht. Nachthemd. Kuss.

Punkt dreiundzwanzig Uhr. Jonas beginnt zu schnarchen. Morgen. Mein Leben.

Donnerstag.

Schwarz tropft der Kaffee in die Kanne. Schwarz wie mein Kleid am Tag von Evas Beerdigung. Ich decke den Tisch wie jeden Morgen. Ich decke den Tisch wie jeden Morgen. Ich decke den Tisch wie jeden Morgen. Teller, Messer, Löffel. Ich decke den Tisch wie jeden Morgen. Butter, Käse, Tasse, Milch. Ich decke den Tisch wie jeden Morgen. Ich schiebe das Toastbrot in den Toaster. Alles wartet ängstlich auf Jonas' Erscheinen. Jonas' Schritte im Flur. Das Scharren des Stuhls auf dem Boden. Das Kratzen des Messers auf Toast.

Ein Sonnenstrahl verirrt sich in die Küche. Als Eva Jonas geheiratet hat, schien auch die Sonne. Und aus den Boxen schallte Stand by your man. Treue, das habe ich von Eva gelernt, ist das Wichtigste in einer Ehe. Alles, was ich übers Heiraten weiß, habe ich von Eva gelernt. Dass man beim Polterabend nur Porzellan werfen darf, weil Glasscherben Unglück bringen. Dass Frauen weder ganz in Schwarz noch ganz in Weiß gekleidet erscheinen dürfen, weil Schwarz der Trauer und Weiß der Braut vorbehalten ist. Dass der, der beim Anschneiden der Torte die Hand obenauf liegen hat, auch in der Ehe den Ton angibt. Das weiß ich alles von Eva.

Kaffee: hellbraun. Blick. Kuss. Sieht mich an und sieht mich nicht. Ich sehe was, was du nicht siehst. Tisch. Wäsche. Gesicht. Haare. Bus. Café.

An schlechten Tagen gelingt der Spagat nicht. Einen Donut mit Streuseln, schreien die Augen des Mädchens mit dem rundlichen Gesicht. Ich lasse den Donut in die Tüte gleiten. »Ein Fitnessbrötchen«, faucht ihr Mund. Sie mögen es nicht, wenn man ihnen Wünsche zu offensichtlich aus den Gesichtern abliest. Ein Schokobrötchen, sagt das Gesicht des Kindes. Ein Schokobrötchen. Ein Schokobrötchen! Und ich kann darüber nicht mehr die Stimme der Mutter verstehen, die ein Dinkelbrötchen bestellt. Eva wäre eine wunderbare Mutter gewesen. Eva hätte so gern Kinder gewollt. Sie hätte ihnen schwimmen in der Ruhr beigebracht. Sie hätte mit ihnen Expedition gespielt. Es wären drei Kinder gewesen. Zwei Mädchen und ein Junge. Der Junge hätte die Mädchen beschützt. Hab keine Angst. Vaters Schritte im Flur. Vaters Schritte. Du kannst alles haben oder sein. Du musst nur die Augen zumachen. Hab keine Angst. Als Eva verunglückt ist, habe ich nicht mehr weitergewusst. Als Eva tot war, habe ich ihr Leben weitergeführt. Weil ich ohne Eva nicht weiß, wie man ein Leben führt.

Nach Hause.

Die Spülmaschine.

Die Waschmaschine.

Der Trockner.

Die Badewanne.

Jonas mag keine Unregelmäßigkeiten!

Der Bass.

Das Wummern.

Das Tropfen.

Das Wummern.

Die Uhrzeit.

Der Klempner.

Die Angst.

Das Wummern.

Das Abendessen. Jonas redet. Ich schweige.

Der Fernseher erzählt von der Welt.

Der Kuss. Das Schnarchen. Die tiefschwarze Nacht.

Morgen. Leben.

Freitag.

Weckerklingelnfrühaufstehenkatzenwäsche.

Schwarz tropft der Tag in die Kanne. Tiefschwarz. Ich decke den Tisch wie jeden Morgen. Teller, Messer, Löffel, Butter, Käse, Tasse. Alles wartet. Mit angehaltenem Atem. Erste Sonnenstrahlen tanzen über die Zeitung. Tagsüber meist sonnig. Temperaturen um die 20 Grad. Der Tag, an dem Jonas und ich geheiratet haben, war ein milder Frühlingstag. Jonas' Schritte im Flur. Ich schrecke zusammen. Jonas' Schritte im Flur. Das Toastbrot noch nicht im Toaster. Tiefschwarz der Tag in die Kanne. Jonas mag keine Unregelmäßigkeiten.

Von Eva habe ich gelernt, Geschichten aus Gesichtern abzulesen, um mir die Geschichten in Erinnerung zu rufen, wenn Vaters Schritte im Flur näher kamen.

Alles, was ich über die Ehe weiß, habe ich von Eva gelernt. Alles, was ich über Jonas weiß, habe ich von Eva gelernt. Alles, was ich weiß, habe ich von Eva gelernt.

Jonas' Schritte im Flur.

Mein eigenes Leben. Ab Morgen.

Jonas' Schritte im Flur.

Alles, was ich weiß, habe ich von Eva gelernt. Nur hat sie vergessen, mir von Jonas' Zucken unter dem Auge zu erzählen. Hab keine Angst. Wenn du nur die Augen zumachst.

Jonas' Schritte. Im Flur.

Eva hätte so gern Kinder gehabt. Als sie verunglückt ist, war sie schwanger. Sie hätte so gern Kinder gehabt. Zwei Mädchen und einen Jungen. Der Junge hätte die Mädchen beschützt.

Jonas' Schritte.

Sie schwamm in der Ruhr, und das Wasser trug sie nicht. Dabei konnte sie doch so gut schwimmen.

Hab keine Angst.

Hab keine Angst.

Hab keine Angst.

Jonas' Schritte im Flur.

»Der Kalender« ist erstmals unter dem Titel »Dicht an dicht« in »dicht?! Ausgewählte Texte aus dem 3. Ruhrgebiets-Literaturwettbewerb« (2015, Klartext Verlag) erschienen. »Die Broschüre« ist in abgewandelter Form unter dem Titel »In die Misere« in »Richtungsding. Zeitschrift für junge Gegenwartsliteratur, Heft VI« (2013) erschienen. »Die Vistitenkarte« ist in abgewandelter Form unter dem Titel »Am Fluss mit E« in »Richtungsding. Zeitschrift für junge Gegenwartsliteratur, Heft V« (2012) erschienen.

Gern senden wir Ihnen unser Gesamtverzeichnis
Verlag Henselowsky Boschmann
Literaturversorger Ruhrgebiet
Postfach 10 02 31 · 46202 Bottrop
post@vonneruhr.de · www.vonneruhr.de

Sigi Domke
Nachbarn in Bäumen

Herbert Knorr
Schitt häppens

Inge Meyer-Dietrich
Leben und Träume der Mimi H.

Sarah Meyer-Dietrich
Immer muss man mit Stellwerksbränden,
Streiks und Tagebrüchen rechnen

Zepp Oberpichler
Galgenvögel liegen tiefer

Elke Schleich
Wir haben alles hingekriegt

Ruhrgebiet de luxe

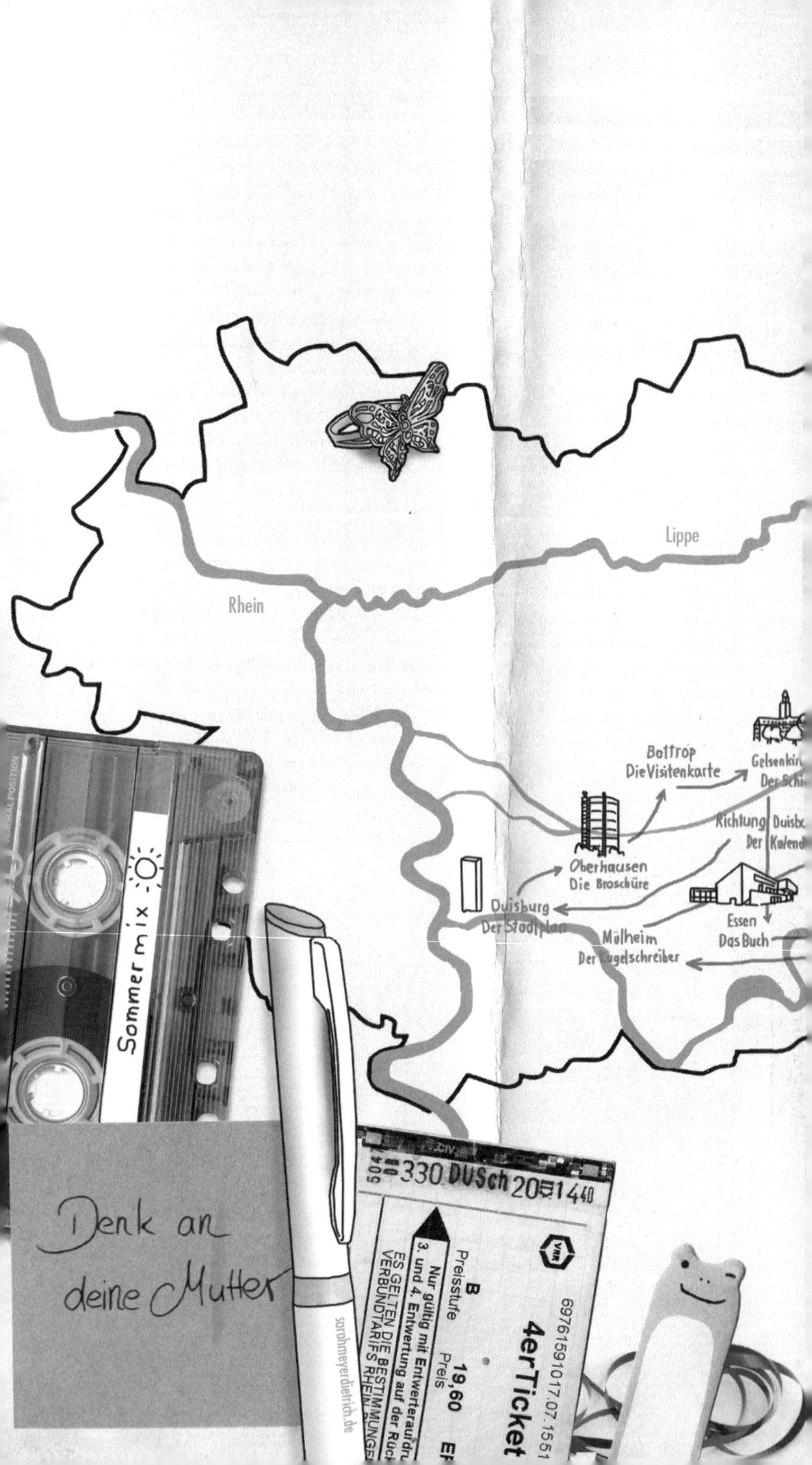
Lippe
Rhein
Bottrop
Die Visitenkarte
Gelsenkirchen
Richtung Duisburg
Oberhausen
Die Broschüre
Duisburg
Der Stadtplan
Essen
Das Buch
Mülheim
Der Kugelschreiber
Sommermix
Denk an deine Mutter
sarahmeyerdietrich.de
330 DUSch 20 1440
VRR
B
Preisstufe
19,60
Preis
4erTicket
69761591017.07.1551